아이와 세계를 걷다 4

오스칼 https://brunch.co.kr/@kal-jaroo

여행을 통한 낯선 경험과 만남을 좋아한다. 그간 작품으로는 터키, 그리스, 서유럽 여행기 〈아이와 세계를 걷다 1〉, 러시아, 미국, 캐나다를 간 〈아이와 세계를 걷다 2〉, 중국, 일본 오키나와 큐슈, 필리핀을 여행했던 〈아이와 세계를 걷다 3〉, 세계 여러 요리를 만들고 소개한 요리 인문학 〈식탁에 세계를 담다〉, 단독주택을 지은 건축 에세이 〈우리가 살 집을 짓다〉 등이 있다. 아울러 유튜브 '오스칼의 저 너머 여행 (Oscar's Journey Beyond)'을 운영하고 있다.

발 행 | 2023-03-14
저 자 | 오스칼
펴낸이 | 한건희
펴낸곳 | 주식회사 부크크
출판사등록 | 2014.07.15(제2014-16호)
주 소 | 서울 금천구 가산디지털1로 119, A동 305호
전 화 | 1670 - 8316
이메일 | info@bookk.co.kr

ISBN | 979-11-410-2000-2
본 책은 브런치 POD 출판물입니다.
https://brunch.co.kr

www.bookk.co.kr

아이와 세계를 걷다4

스페인, 포르투갈, 스위스, 네덜란드, 벨기에 여행기

오스칼 지음

CONTENT

다시 시작된 지구 여행입니다.

지구 반대편에서 보냈던 여행의 기록을
이 글을 읽는 당신에게 전할 수 있어서
기쁩니다.

그리고
여행의 동반자, 아내와 아이에게
이 글을 두 손 모아 드립니다.

다시 시작된 여행의 기지개

코로나 19 이후의 세상을 살아가며

근 3년의 시간이 지나갔다. 우리가 살아 숨 쉬고 있는 시간대에서 유례없는 질병의 팬데믹 상황이 일어나게 되었고 기약 없는 시간이 흘러갔다. 장벽 없이 이동하던 전 세계가 방역이라는 보이지 않는 장벽을 세우게 되었고 여행은 언제 가능할지 기다림이 필요한 수많은 것 중 하나가 되었다. 그리고 2022년이 되어서 침묵하고 있던 여행에도 생기가 돌기 시작했다. 마스크는 이제 벗고 여행지에 도착한 순간 이국의 낯선 공기를 마음껏 맡을 수 있는 때, 도착했을 때의 들뜨고 설렌 마음을 가질 수 있는 시기가 온 것이다.

오랜만에 여행의 기지개를 켜기로 했다. 2020년 1월에 다녀왔던 미국과 캐나다 여행이 마지막 여행이었는데 3년의 시간이 흐른 지금 다시 여행을 떠날 준비를 하게 되었다. 그간 아이도 많이 커서 만 8살이 되었다. 미국과 캐나다를 다녀올 때만 하더라도 목마 태우거나 안고 다닌 적이 있었는데, 이제는 그러기에는 덩치도 크고 생각도 커진 아이가 되어 있었다. 진정으로 〈아이와 세계를 걷다〉라는 책 제목에 걸맞게 아이도 성장했다.

우리에게는 매년 어디를 갈지 적어 놓은 여행 리스트가 있다. 인생에서 가족이 함께하는 경험이 중요하다고 나와 아내는 생각했기에 일정 부분의 수입을 항상 저축하면서 여행 자금으로 마련해 놓고 있었다. 그리고 리스트에 맞게 여행을 다녀오곤 했다. 코로나 19가 없었더라면 2020년에 미국과 캐나다를 다녀온 이후에 2021년에는 스페인과 포르투갈, 모로코를 다녀오고 2022년에는 독일, 체코, 오스트리아와 헝가리를 다녀오기로 계획했었다. 하지만 이 여행들이 연달아 취소되면서 우리의 리스트도 변화될 수밖에 없었다. 그래서 2023년 1월 여행에 대해 어디를 갈지 정해야만 했다.

인터넷 지도를 펼쳐놓고 어디를 갈지 생각해 보았다. 미리 간 곳들은 표시해놓고 아직 안 가본 지역에 대해 생각하면서 우리가 일단 가고자 했던 스페인을 메인으로 두고 짜기로 했다. 유럽은 방역에 대해 제재가 풀리는 상황이고, 인프라가 잘 되어있어서 상대적으로 선택하기가 좋았다. 그리고 스페인은 남유럽이라서 겨울 여행하기에는 어린아이와 따뜻하게 여행할 수 있고, 음식도 지중해 식단으로 맛 좋은 식재료가 풍부하며 식문화도 마음에 들었기에 스페인은 꼭 가기로 했다. 코로나 19 상황에서 국가 간 이동이 자유로울지 불안한 감이 있었기에 처음에는 스페인 일주로 계획을 했다. 그래서 바르셀로나가 있는 카탈루냐 지방에서 마드리드, 발렌시아 등을 거쳐 세비야가 있는 안달루시아 지방까지 여행할 생각이었다. 그러다가 유럽에서 국가 간 이동이 자유로워져서 욕심이 점점 생겨났고 다른 국가까지 생각하게 되어서 지도를 보고 고민을 하기 시작했다.

예전부터 계획했던 스페인에 더해 포르투갈을 덧붙이기로 했다. 스페인과 함께 15세기부터 시작된 유럽인의 신항로 개척의 선구자이고, 관련된 유적이 많아서 관심이 있었다. 스페인 물가도 저렴한 편이지만 포르투갈 물가 역시 저렴하고 대서양의 운치를 더해 소박한 풍경이 있기에 가기로 했다. 유럽 사람들이 말하길 스페인은 젊을 때 노는 곳이고, 포르투갈은 은퇴 후 휴양하는 곳이라고 하듯이 이웃이지만 상반된 느낌이 궁금했다. 그리고 그다음 국가를 어디로 할지가 고민되었다. 모로코를 가자니 일단 모로코 수도 라바트는 그다지 여행지로서 매력적이지 못하고 카사블랑카, 쉐프샤오엔, 페스 등으로 이동을 해야 하니 현재 코로나 19 상황에서 아이를 데리고 다니기가 걱정되었다. 그래서 유럽에 있는 다른 나라를 찾아봐서 추가한 나라가 스위스와 네덜란드였다.

스위스 같은 경우는 스페인과 접경하고 있으면서 예전 서유럽 여행을 할 때 가보지 않았기에 이번에 가보면 좋을 듯했다. 건축, 도시, 문화 등 인공적이고 인문학적 요소를 여행에서 중요하게 생각하는 나와는 다르게 아내는 그런 것도 좋아하지만 자연 풍광을 보는 것도 좋아하기에 아내를 위해서 방문하기로 했다. 다만 겨울철 여행이어서 케이블카나 트램을 타고 알프스산맥을 올라가기가 쉽지 않아서 기차 여행으로 그 분위기를 느껴보기로 했다. 우리는 비싼 물가로 인해서 상대적으로 여행비가 더 많이 드니 체류할 비용에 벌써 머리가 아파 왔다. 네덜란드는 다소 뜬금없는 여행지라고 생각할 수 있는데, 처음에 스페인으로 들어가고 네덜란드로 나오는 코스를 생각해서 그 사이에 포르투갈과 스위스를 넣었다는 게 맞을 듯했다.

네덜란드는 스페인과 역사적으로 공유하는 시기가 있고, 유럽인의 시각에서 대항해 시대를 향유했던 위대하고 영광스러운 역사를 가진 나라였기에 관심이 갔다. 스페인과 포르투갈은 신항로 개척을 이끈 장본인으로 잘 알려졌지만, 그 뒤를 이은 영국과 다르게 네덜란드는 상대적으로 덜 알려진 측면이 있다. 하지만 네덜란드 역시 신항로 개척부터 유럽을 휩쓸었던 제국주의를 내세운 나라로 볼 수 있으며 대표적으로 인도네시아 등 동남아시아 지역, 수리남과 브라질 동부 해안 등 남미 지역, 카리브 연안의 섬들, 동부 아프리카 지역 등을 식민지로 경영했던 적이 있었다. 그리고 네덜란드는 룩셈부르크, 벨기에와 묶여서 베네룩스 3국으로 불리기도 하는데 이곳들만 장기간 여행으로 머무르기에 나와 아내의 여행 지식이 충분하지 못해서 아쉽지만 이번에 네덜란드만 넣어서 가보기로 했다. 무엇보다 베네치아와는 다른 운하의 도시 암스테르담을 보고 싶었다.

이렇게 해서 스페인, 포르투갈, 스위스, 네덜란드를 잇는 여행지가 정해졌다. 우리의 여행 동안 가는 곳이 4개 나라, 9개 도시가 가장 많았는데 이번에도 그렇게 정해졌다. 스페인의 바르셀로나, 마드리드, 그라나다, 세비야를 갔다가 포르투갈의 리스본을 지나 스위스의 제네바, 인터라켄, 취리히를 돌아 네덜란드의 암스테르담에서 끝내는 여행길이었다. 그렇게 계획을 세우고 여행을 떠났는데 현지에서 벨기에 브뤼셀을 다녀오게 되면서 최종적으로는 5개 나라, 10개 도시를 다녀오게 되었다. 오랜만에 바다를 건너 해외여행을 가게 되니 나와 아내는 물론 아이도 설레는 마음이었다. 어려서 여행에 대한 기억이 파편적으로 남아 있고 사진과 영상을 보면서 여기 갔었고, 어떤 일들이 있었는지 아이에게 설명해 주곤 했는데 조금 더 많이 기억할 수 있는 나이가 되어 떠나게 되니 더욱 기대되는 마음이 있는 듯했다. 그리고 비행기 안에서 좌석 스크린을 보며 영화 보거나 게임하던 것이 기억났는지 그 이야기를 자주 했다. 아이 나름대로 노트에 스페인어를 적어가며 준비를 하기 시작했다.

본격 여행 준비

출발 신호를 기다리는 마음으로

여행 일정을 짜면서 여행 공부를 하기도 하지만 그와 별도로 우리가 방문하는 나라와 도시 공부가 필요했다. 여행하는 스타일에 대해서는 여러 가지가 있다. 먼저 철저하게 계획을 세워서 하는 타입과 즉흥적으로 그날 갈 곳이나 머물 곳을 정하는 타입이 있는데 우리는 계획을 세워서 하는 타입이었다. 흔히 이야기하는 MBTI로 본다면 J에 해당하는 스타일이었다. 혼자 여행을 다닐 때에도 세세하게 계획을 세워 여행하던 나는 100%가 안 되더라도 대비하면서 일정 부분 여유는 두지만, 최소한 해야 하는 것들에 대해서는 계획을 세워야 여행의 시작이 좋아 보였다. 그리고 여행을 가기 전후로 여행에 대한 작업을 하는 걸 중요시했다. 여행 가기 전에는 방문할 곳을 공부하는 것이고, 다녀온 후에는 2차 작업으로 글을 남기거나 사진과 영상 정리를 하는 것이었다. 그래서 아이가 생기고 난 후 아이와 함께 여행 다니면서는 〈아이와 세계를 걷다〉 시리즈로 2차 작업을 하고 있다. 그러기 위해서는 여행 가기 전에 밑 공부가 필요했고, 실제 여행을 가서는 현지에서 느낄 수밖에 없는 그곳의 온기와 냄새, 에피소드를 기록해 나가는 것이 필요했다. 이런 작업은 우리의 여행을 더욱 풍요롭게 하고 우리 가족에게 추억과도 같은 기억의 공간으로 여행이 자리 잡게 했다.

첫 방문지인 스페인은 바르셀로나에서 시작하기로 했다. 가우디의 건축으로 이미 완성된 바르셀로나는 여행지로서 매력이 스페인에서 첫 번째로 꼽히는 도시였다. 사그라다 파밀리아를 비롯한 카사 바트요, 구엘 공원 등 가우디의 건축이 잠자는 곳들이 즐비하고 식문화 또한 다채로운 곳이었다. 수도 마드리드와 대비되는 카탈루냐 지역의 맹주로서 끊임없이 독립 의사가 표현되는 곳이자 1992년 바르셀로나 올림픽에서는 마라톤 황영조 선수의 우승이 각인된 곳이어서 한국인에게 잘 알려진 도시였다. 그래서 스페인에서 딱 하나의 도시만 방문할 수 있다면 망설일 필요 없이 바르셀로나였다. 그다음 방문할 곳은 스페인 정치 중심인 마드리드였다. 절대왕정을 이끈 펠리페 2세 이후 400년이 넘는 시간을 수도로서 지위를 유지하고 있었고 현재에도 왕궁을 비롯한 전근대 이후의 유적이 풍부하게 남아 있다. 그리고 유럽뿐만 아니라 세계적으로 유명한 프라도 미술관이 있어서 예술의 도시이기도 했다. 그리고 스페인 하면 떠오르는 이슬람 유적인 알람브라 궁전으로 잘 알려진 그라나다를 갔다가 스페인 여행의 마지막 도시인 세비야를 가기로 했다. 세비야는 세비야 대성당과 히랄다 탑으로 유명하고, 신항로 개척 시대의 마젤란이 출항했던 곳이기도 했다. 알람브라 궁전이나 히랄다 탑 등 이슬람 유적이 스페인에 많이 남아 있는데 과거 이슬람 우마이야 왕조(Umayyad dynasty)의 지배를 받았기 때문이다. 유럽을 중심으로 놓고 보았을 때 동쪽 끝 너머에서 등장한 이슬람 왕조의 지배를 유럽의 서쪽 끝에 있던 이베리아 반도 국가들이 받았다니 아이러니한 역사의 전개이기도 했다. 이슬람의 지배는 이후 가톨릭을 믿었던 유럽인들의 국토 회복 운동인 레콩키스타 (Reconquista)로 인해 마침표를 찍게 된다.

두 번째 방문할 국가는 포르투갈이었다. 이베리아 반도에 자리 잡은 유서 깊은 나라로 수많은 나라가 사라지고 통합된 이 안에서 굳건히 지키고, 신항로 개척 시대의 영광을 나눴던 국가이기도 했다. 포르투갈은 대중적으로 축구가 강한 나라로 알려져 있지만 프랑스의 샹송(Chanson), 이탈리아의 칸초네(Canzone)처럼 파두 (Fado)라는 대표적인 대중가요 역시 유명하다. 한국인에게는 스페인 여행을 하면서 함께 방문하는 국가로서 이미지가 있어서 우리도 스페인을 가면서 경유하기로 했다. 처음에는 유명한 소설인 '리스본행 야간열차'를 따라서 기차로 이동할까 했는데 시간이 워낙 오래 걸리기에 세비야에서 비행기를 타고 리스본으로 이동하기로 했다. 리스본은 신항로 개척 당시 유적이 많이 남아 있고, 도시 트램이 명물로 유명했기에 경험해보고 싶었다. 리스본 외에 다른 도시를 이동하면서 다니기에는 시간이 한정적 이어서 대학 도시로 유명한 코임브라, 역사가 깊은 경제 도시인 포르투 등이 있지만 포기하고 리스본만 갔다가 넘어가기로 했다. 포르투갈에서 다음으로 넘어갈 곳은 유럽의 지붕, 스위스였다.

스위스는 이번 여행의 방문지에 없었다가 네덜란드로 나오기로 했으니 그사이에 넣은 느낌이 있었다. 일단 물가가 비싸고, 소소한 도시 여행에 알프스 풍경을 관망하는 정도였기에 끌리는 여행지는 아니었다. 그렇지만 아내는 자연 풍광을 보는 것을 나보다 좋아 했기에 아내 취향에 맞추어서 스위스를 중간에 경유하기로 했다. 리스본에서 항공편으로 중부 유럽의 허브라고 할 수 있는 제네바 공항으로 이동하는 일정을 짰다. 세계의 수도가 뉴욕이라면 외교의 도시, 유럽의 수도라고 이야기할 수 있을 정도로 국제기구가 즐비한 도시가 제네바였다. 중립국이자 서방 세계와도 돈독한 관계를 유지한 덕분에 스위스는 각종 회담 장소와 국제기구가 몰려있는데 그중 제네바는 많은 국제기구 본부가 자리 잡고 있었다. 스위스는 작은 나라이지만 사용되는 언어가 4개나 되어 프랑스어, 독일어, 이탈리아어, 로망슈어가 있다. 그러기에 정식 국가명은 라틴어로 표기해서 'Confoederatio Helvetica'였다. 어쨌든 프랑스어를 사용하는 도시권에서는 가장 큰 규모를 자랑하고 스위스 전체에서는 취리히 다음가는 도시였다. 제네바에 들리는 김에 록 밴드 퀸의 녹음실이 있던 몽트뢰, 1924년 최초 동계 올림픽이 열리고 몽블랑 산을 멋지게 조망할 수 있는 프랑스 샤모니까지 갈까 했으나 여정이 있어서 포기하기로 했다. 제네바는 장 칼뱅의 종교개혁으로도 유명해서 최초의 교회가 된 생피에르 대성당이 자리 잡고 있다. 제네바를 거쳐서 그다음 알프스의 초입으로 잘 알려진 인터라켄을 갔다가 취리히를 가기로 했다. 취리히 가는 길은 두 가지인데 베른 경유와 루체른 경유였다. 우리는 알프스 산맥을 잘 조망할 수 있도록 베른은 포기하고 루체른을 지나서 가기로 했다. 베른은 스위스의 수도이고 유서 깊은 역사 도시지만, 취리히를 방문할 예정이기에 포기했다. 취리히는 스위스 최대 도시로서 여기에서 다시 비행기를 타고 네덜란드로 넘어가기로 했다.

네덜란드는 이번 여행의 종착점이었다. 네덜란드를 일본에서는 옛날에 홀란드(Holland)라고 불렀는데 그게 그 지역이 네덜란드에서 가장 크고 부유한 지역이라 홀란드 출신 상인들이 일본으로 교역하러 왔을 때 이 출신이라고 하면서 그 이름이 굳어지게 되었다. 'H'가 묵음 처리되어 '오란다'라고 발음했는데 내가 좋아하는 옛날 과자 중 하나인 오란다가 이것에서 유래되었다는 설이 있다. 네덜란드 역시 신항로 개척 이후 교역의 시대에 흥했던 해양 국가로 나름 복잡한 역사를 갖고 있었다. 이는 유럽의 여러 왕조의 역사가 뒤섞였기 때문인데 신성로마제국의 상속자였던 펠리페 2세가 카를로스 5세에게 네덜란드를 받은 이후 지배국 스페인으로부터 네덜란드는 독립 전쟁을 일으키게 된다. 치열한 전쟁 이후 네덜란드는 벨기에를 두고 따로 독립했다. 우리가 방문할 지역은 수도이자 북부 유럽에서 알아주는 운하의 도시인 암스테르담이었다. 반원형 모양으로 운하가 둘러싸고 있는 구시가지에는 여러 문화 유적, 박물관, 왕궁이 자리 잡고 있어서 수많은 관광객을 불러들이고 있다. 벨기에, 룩셈부르크 등을 갈 생각이 없었던 우리에게 이번 방문은 네덜란드를 느낄 처음이자 마지막일 수 있었다. 이곳에는 반 고흐와 렘브란트라는 걸출한 화가의 작품이 많이 전시되어 있기에 기대가 되었다.

이렇게 4개 국가, 9개 도시를 관통하는 여행을 계획해서 지금 갈수 있게 되어 다행이라 생각되었다. 코로나 19로 인해 3년간 여행길이 묶여있었는데, 아쉽지만 이제라도 열려서 감사했다. 여행이 정해지고 나서 본격적으로 숙소 예약과 교통편 예약을 시작했다. 먼저 한국에서 가는 바르셀로나 항공편과 암스테르담에서 한국으로 오는 항공편을 예약했다. 그리고 도시 간 일정에 맞추어 도시와 도시를 이동하는 교통편으로 정했다. 대략 3~4달 전부터 예약에 들어갔는데 아직 일자가 안 나온 곳도 있었다. 숙소 예약은 호텔과 현지 숙박을 병행하기로 했다. 장기간 여행을 다니면 세탁과 한국 음식이 간절해질 때가 있는데 그런 때에는 현지 숙박이 유용했다. 그리고 호텔보다는 현지 숙박을 선호하는 편이었는데 그건 현지 시장이나 마트에서 장을 보고 직접 요리할 수 있어서 도시 안에 스며든다는 느낌이 있기 때문이었다. 그리고 서비스 물가가 비싼 곳에서는 현지 숙박이 다소 저렴했다. 호텔은 깔끔하고 편리해서 나름대로 장점이 있었다. 겨울은 여름보다 비성수기여서 숙박 예약이 수월한데 스위스 같은 경우는 우리가 알아볼 때 스키 등 겨울 스포츠 때문인지 숙박 예약이 많이 찬 경우여서 당황하기도 했다. 예약과 여행 가는 곳의 공부를 병행하며 3년 만의 출국을 기다렸다.

만 8살 아이와 14시간의 출국

2023년 1월 5일(목)-6일(금)(1일째)-인천에서 바르셀로나

여행 출국 전날이 밝았다. 다행스럽게도 눈이 오거나 기상이 안좋거나 하지 않은, 화창한 하루의 시작이었다. 자기 전까지 몇 번 확인한 짐을 다시 보고, 집 안 곳곳을 돌아보면서 여행동안 이상이 없도록 확인해 보았다. 성격이 그런지 여행 전에 여러 차례 확인해도 불안감은 남아 있었다. 버스 터미널에서 고속버스를 타고 공항까지 갈 거라서 시간에 맞게 택시를 예약해서 나갈 채비를 마쳤다. 아이는 설레는 기분을 표현하길 심장이 입 밖으로 튀어 나올 것 같다고 했다. 3년 만에 떠나는 장거리 여행이어서 우리 모두 뭔가 예전의 느낌을 갖기엔 아직 어색해 보였으나, 여행을 향한 마음은 어느새 비행기를 타고 있었다.

대개 여행하는 날에 맞추어서 공항 가는 버스를 탔는데, 이번에는 비행시간이 낮이어서 시간을 맞추려면 새벽 4시에 일어나 준비하고 나가서 버스를 타야만 했다. 내가 사는 도시에서 인천 국제공항은 3시간 이상 걸리는 거리였기 때문에 새벽에 일어나 출발하지 말고 전날에 공항으로 가서 하루 묵기로 했다. 장점은 미리 올라가서 덜 피곤하게 준비할 수 있다는 것이었고, 단점은 오후 시간에 올라가니 도로가 막혀서 가는 것 자체가 다소 고역이었다. 매번 비행기 시간에 맞춰서 가다가 처음 해보는 시도였는데, 이번에 이렇게 해보고 다음 여행에서는 어찌할지 생각해 보기로 했다.

버스 터미널에 도착해서 발권을 하고 시간에 맞춰 버스를 탔다. 오랜만에 타는 공항 가는 버스였다. 의무적으로 버스 안에서는 마스크를 써야 해서 다시 열린 하늘길이지만 코로나 19의 시대를 살고 있다는 게 실감 났다. 만석인 버스는 3시간 30여 분을 달리고 달려서 공항에 도착했다. 점점 실내는 더워지고 오후라서 잠은 오지 않고 마스크는 계속 쓰고 있어야 하니 답답한 마음이 쌓여갔다. 제1 터미널은 어떤 연예인들이 와서 그런지 커다란 카메라를 든 사람들이 꽤 보였다. 우리는 제2 터미널이어서 내리지 않았는데 다시 출발 전에 버스 기사께서 우리 캐리어 개수를 묻더니 외국인들이 캐리어를 혹시 가져갈 수 있으니 내려서 한 번 확인해야 한다고 했다.

인천 국제공항에 도착

제2 터미널 가는 버스 안에는 우리만 있어서 기사님과 이런저런 이야기를 하면서 갔다. 캐리어 관련되어 만났던 이상한 손님이나 버스 운행 관련 이야기를 들으니 참 쉽지 않은 일이구나 하는 게 느껴졌다. 그러다 보니 금방 제2 터미널에 도착했다. 기사님에게 인사를 하고 내려서 캐리어를 챙기고 숨을 한껏 들이 마셔보았다. 지어진 지 얼마 안 된 터미널이어서 깔끔한 외관이 눈에 들어왔고, 답답한 버스 안을 벗어나 시원한 겨울 공기가 폐에 가득 찼다. 예전 북미 여행을 할 때 제2 터미널이 완공되어 운영하게 돼서 출국은 제1 터미널, 입국은 제2 터미널로 했던 기억이 났다. 이번에 처음으로 제2 터미널로 출국하게 되었다. 아이와 아내와 함께 도착 사진을 찍고 안으로 들어갔다. 오랜만에 보는 세련된 공항 풍경에 이제는 그전에 누렸던 일상의 궤도에 올라탄 듯한 기분이 들었다. 코로나 19 때문인지는 모르겠지만 사람들로 붐비지는 않았다. 호텔 체크 인 전이라서 우리는 먼저 저녁 식사부터 하기로 했다. 내일부터 한식은 안녕이니 역시 다들 한식으로 정했다. 우삼겹 정식, 소고기 미역국, 콩나물 국밥 등을 골라서 남긴 것 없이 깨끗하게 해치웠다. 식사를 마치고 근처 카페에서 쉬다가 공항 호텔로 들어갔다.

3년 만의 인천 국제공항 입성

새롭던 공항 호텔의 밤이 지나고 여행 당일이 되었다. 설렘 때문인지 새벽녘이 되어서야 잠들었는데 맞춰놓은 알람 소리에 벌떡 일어나 짐을 챙기고 나갈 준비를 마쳤다. 아침은 오랫동안 한식을 먹지 못할 것 같아서 어제처럼 한식을 챙겨 먹었다. 3층 출국장으로 올라가서 수하물을 맡기고 출국 수속을 받았다. 펼쳐진 면세점들을 보니 안으로 들어왔다는 것이 실감 났다. 아내가 살 것이 있어서 잠깐 쇼핑을 하고 커피 한 잔을 하며 기다리는 여유를 부렸다. 활주로에 세계 어디론가 갈 준비를 하고 있는 비행기들을 보니 여행이 주는 활기가 도는 듯했다. 우리의 목적지인 바르셀로나 출국 대기하는 곳에는 같은 목적지를 가진 사람들이 이미 앉아 있었다.

탑승을 알리는 안내방송이 나오고 여권과 티켓을 확인한 다음 비행기 안으로 들어오니 승무원들이 우리에게 반갑게 인사해 주었다. 아이는 기대에 찬 얼굴로 기대감을 나타냈다. 앞으로 14시간의 비행을 마치면 유라시아 대륙의 극동에서 서쪽 끝 스페인으로 도착할 것이다. 만석으로 출발하는 비행기 안을 보니 세계 곳곳으로 떠나는 사람들이 참 많고, 활주로에 보이는 비행기들도 저마다 목적지를 향해 떠난다고 생각하니 코로나 19 이후 일상으로 돌아간다는 게 느껴졌다. 달라진 점이라면 기내에서도 마스크는 꼭 착용해야 한다는 것이었다. 창가 쪽에 먼저 턱 하니 앉은 아이, 통로 쪽에 앉은 아내와 가운데 앉은 나 이렇게 우리 가족의 14시간 비행이 시작되었다. 아이는 앉자마자 그렇게 고대하던 게임을 찾아봤지만, 패널에는 게임이 설치되어있지 않아서 시무룩했다. 어쩔 수 없이 영화를 보며 내 핸드폰에 내장된 게임을 하며 즐겼다. 상기된 표정으로 여행의 기대감을 보인 아이를 보며 우리도 여행의 시작에 설레했다. 함께하지 못한 어머니는 탑승 전 통화에서도 안전과 걱정을 이야기했다. 기내식 2번과 간식 1번을 먹고 틈틈이 어설픈 잠을 청하고 영화와 예능을 보면서 시간을 보냈다. 한국에서 가는 비행기라서 매운 컵라면도 주문해서 남김없이 먹었다. 지구 반대편으로 가는 길은 역시 길었고, 서쪽으로 가기 때문에 떠나가는 태양을 좇아가는 기분이 들었다. 우리나라 시간으로 새벽 2시가 되어도 날이 밝아서 내내 태양 빛이 떠나지 않는 하늘을 날았다. 그렇게 하늘길을 날고 날아서 이베리아 반도의 관문인 바르셀로나 엘프라트 공항에 도착했다.

부푼 기대를 안고 출발

저녁이 된 바르셀로나는 어둠이 내려앉아서 진면목을 보기에는 내일까지 기다려야 할 듯했다. 아이는 막바지에 설핏 잠이 들어서 그런지 도착해서 출국 수속받는 것을 굉장히 힘들어했다. 시차가 완전히 바뀌어서 우리나라 시간으로 새벽 4시 30분에 도착했으니 많이 피곤했을 것이다. 그래도 올라(Hola), 그라시아스(Gracias) 같은 간단한 스페인어는 하려고 하면서 점점 잠에서 깼다.

공항에서 시내로 들어가는 버스 탑승

공항 밖으로 나오니 드디어 도착했다는 것에 감동하여야겠지만, 다들 피곤해서 찾아놓은 공항버스를 타고 어서 시내로 들어가고 싶었다. 버스에서 내리니 카탈루냐 광장의 네온사인들이 멋졌는데 아직 우리 것이 아닌 듯했다. 숙소까지 2km 정도 되어서 걸어갈까, 버스를 탈까 고민하다가 결국 택시 타고 얼른 가는 게 좋을 듯해서 택시를 잡았다. 택시 기사님은 내가 "바모스!(Vamos!)" 하고 외치니 웃으면서 출발했다. 가는 길에 스몰 토크를 좋아하는 나로서는 놓칠 수 없는 시간이어서 이런저런 이야기를 했다. 내가 날씨가 좋아서 다행이라고 하니까 기사님이 첫 방문이냐고 물어봤다. 그래서 바르셀로나와 스페인을 처음 방문했다고 하면서 여기 사람이냐고 물어보니 기사님은 여기서 27년을 살았다고 했다. 출신은 모로코라고 해서 이번 카타르 월드컵의 4강 축하도 하고, 유명한 모로코 선수들 이야기도 하니 무척 좋아했다. 그러다 보니 금방 도착해서 호텔 체크 인을 하고 씻고 정리한 다음 내일을 위해 다들 일찍 잠에 들었다. 내일부터 본격적인 바르셀로나 모험을 위한 충전에 들어갔다.

택시 타고 호텔 가는 길

Vamos, Barcelona

2023년 1월 07일(토)(2일째)-바르셀로나

나는 피곤에 푹 절어있는 채로 잠들었지만, 시차 때문인지 현지 시간으로 새벽 2시쯤 깼다가 5시 40분 정도에 다시 깨서 잠들지 못했다. 아이와 아내 역시 잠에서 깼고 아이는 이미 에너지 충전이 되었는지 조잘거리며 장난을 쳤다. 어젯밤에 아침 식사할 곳을 보긴 했는데 늦게 시작하고 여유를 부리는 스페인 특성상 오전 10시에 여는 가게가 많았다. 그래서 일단 생각해 둔 카페를 두고 거리를 일찍 나서보기로 했다. 지중해를 끼고 있는 도시답게 영하권인 한국보다 10~15도 이상 기온이 높아서 가을옷을 입고 나가도 충분했다. 아이는 여행 전에 본인 수첩에 적어놓은 간단한 스페인어 회화를 보면서 스페인 사람을 만나면 사용할 준비를 마쳤다.

스페인 제2의 도시인 바르셀로나는 카탈루냐 지역의 중심도시로 지역색이 매우 강하고 수도인 마드리드와 경쟁 관계에 있으며 수도보다 유명한 관광 도시로 전 세계 사람들을 끌어모으는 매력적인 도시이자 역설적이게도 오버투어리즘으로 몸살을 앓고 있는 도시이다. 나에게는 프레디 머큐리가 불렀고, 바르셀로나 올림픽 주제가가 될뻔한 노래로 어렸을 적에 기억된 도시였다. 이 방사형의 거대한 도시는 크게 6 구역으로 나눌 수 있는데 사그리아 파밀리아 성당으로 대표되고 우리 숙소가 있는 에이샴플레 지구, 람블라스 거리와 보케리아 시장이 있는 라발 지구, 시내를 조망할 수 있고 우리에겐 바르셀로나 올림픽으로 친숙한 몬주익 지구, 대성당이 있는 고딕 지구, 아기자기해서 산책하기 좋은 보른 지구와 지중해 해변을 끼고 있는 바르셀로네타 지구가 있다. 오늘 볼 곳은 개선문, 바르셀로나 대성당, 보케리아 시장, 람블라스 거리, 구엘 저택, 콜럼버스 기념비, 해양 박물관, 카탈루냐 광장, 카탈라냐 음악당 등으로 라발과 고딕, 보른 지구 쪽이었다.

두 눈에 처음 들어온 사그라다 파밀리아 성당

아직은 새벽 기운이 가시지 않은 아침에 길을 나섰다. 일출 시간이 8시 이후여서 푸른 빛이 감도는 세상이 우릴 기다리고 있었다. 먼저 아내의 제안으로 사그리아 파밀리아 성당을 구경하자고 해서 그리로 향했다. 월요일에 투어 예약을 해놓아서 외관만 보기로 했다. 호텔 근처여서 금방 성당이 보였다. 화면으로만 보던 웅장하고 거대한 모습이 드러나자 내 눈앞에 실제 한다는 것이 놀라웠다. 계속 사진과 영상을 찍자 아직 아침 식사를 하지 않아서 그런지 아이가 배고프다며 가자고 했다. 그래서 성당 근처에 봐둔 카페에 가서 카푸치노 제일 큰 것 2잔과 초코우유, 연어 샌드위치, 시금치 파이, 치즈 케이크, 하몬 파이 등을 주문해서 든든하게 하루 열량을 채워나갔다.

거리는 화창해서 구름 한 점 없는 푸른 세상이었다. 왜 이렇게 한적한가 싶었는데 토요일이어서 거리가 한산했다. 사실 이때 까지만 해도 오늘 내내 그럴 줄 알았는데 람블라스 거리에서 보기 좋게 빗나갔다. 따사로운 햇살을 받으며 먼저 개선문을 향해가는 길에 바르셀로나 모누멘탈 투우장이 보였다. 도심 한가운데 투우장이라니 역시 투우의 나라다웠다. 1914년에 지어진 아르누보 양식의 건물로 지금은 내부가 박물관과 공연장으로 사용된다고 했다. 아이는 나중에 꼭 투우를 볼 거라면서 다시 오자고 했다. 사실 카탈루냐 지방은 투우가 금지라서 투우장에서 현재 투우를 하고 있지는 않았다. 거리의 축구 연습장에는 아이들이 삼삼오오 모여 경기를 하고 있었고 조깅하는 사람들도 종종 보였다.

모누멘탈 투우장에서 아이

바르셀로나의 개선문은 파리의 개선문과 비슷한 느낌으로 우리에게 거대한 붉은 모습을 드러냈다. 1888년 세계박람회를 위해 지어진 개선문은 크기도 파리 개선문에 비견될 정도로 압도적인 크기를 자랑했고, 파리의 에투알 개선문처럼 웅장한 매력을 보여주었다. 이곳에서 사진을 찍고 잠시 쉬다가 바르셀로나의 한가로운 주말 거리를 걸으며 바르셀로나 대성당으로 갔다. 아이는 왜 맨날 성당을 가냐며 투덜거렸지만 잘 따라다녔다. 몸도 커지면서 생각도 자라나 자기 생각을 이야기하는데 표현력이 좋아지는 게 보였다.

개선문에서 아내와 아이

대성당은 1913년에 완공되었지만, 최초 공사는 1298년 자우메 2세 때 시작되어 오랜 시간 동안 건설된 성당으로 정면의 파사드는 19, 20세기에 카탈루냐 고전 양식으로 지어졌다. 현재는 부분적으로 보수 공사가 진행되고 있었다. 내부에는 바르셀로나의 수호 성녀인 산타 에우랄리아의 순교 장면이 조각되어 있고, 거위들이 살고 있어서 나름 이색적인 곳이며 고딕 지구의 대표적 랜드마크였다.

바르셀로나 대성당에서 아이와 나

성당을 지나서 근처에 있는 산 하우메 광장으로 갔다. 하프 소리가 들리길래 방송을 틀어놨나 싶었는데 거리의 악사가 아름다운 선율을 들려주고 있었다. 문득 피렌체의 시뇨리아 광장이 생각나는 순간이었다. 좋은 음악을 들어서 아이에게 1유로를 주고 갖다 놓고 오라고 했다. 성당 옆에 있는 산 하우메 광장은 그리 크지 않은 광장이지만 의미가 있는 곳이었다. 바르셀로나 시청과 카탈루냐 정부 청사가 자리해 있고 축제가 열릴 때 그 시작을 알리는 곳이기도 했다.

성당에서 산 하우메 광장 가는 길

이곳에서 람블라스 거리는 금방이었다. 바르셀로나의 대표적인 거리로 아직 오전이어서 사람들이 많지 않았으나 관광객 상대로 장사하는 테라스 가게, 화가들이 늘어선 걸 보니 만만치 않은 곳이라는 게 느껴졌다. 세계 여러 나라의 언어가 들리는 곳이면서 담배는 어찌나 피워대는지 연기를 피해 가는 것도 고역이었다. 먼저 구엘 저택과 레이알 광장을 들렀다. 구엘 저택은 1889년에 지어진 가우디의 든든한 후원자로 유명한 구엘 가문의 저택으로 가우디의 명성과는 다르게 외부는 평이하지만, 야외 옥상 정원과 건물 내부는 가우디 특유의 자연과 아르누보 감성이 잘 드러나는 곳이었다.

레이알 광장에서 아이와 아내

레이알 광장은 가우디가 학교를 졸업하고 1879년에 처음 만들었던 가스 가로등이 유명해서 한번 보고 싶었다. 원래 바르셀로나 시내 곳곳에 설치될 예정이었는데 이곳에만 설치가 되어서 특별함을 더했다. 그리고 나서는 호안 미로 모자이크를 지나 점심을 먹을 보케리아 시장으로 갔다. 이 바닥 모자이크는 1893년에 태어나 스페인 미술계의 입체주의와 초현실주의에 큰 영향을 끼친 카탈루냐 출신의 유명 화가인 호안 미로가 1976년에 환영의 의미로 만든 바닥 모자이크로서 오고 가는 사람들이 모자이크를 배경 삼아 사진을 많이 찍었다.

가우디의 가로등

나름 컸던 호안 미로 모자이크

보케리아 시장은 바르셀로나의 전통 시장이고 아직도 수많은 이들이 방문하는 시장으로 싱싱한 해산물, 과자, 과일, 주스, 햄, 고기 등이 즐비했다. 우리의 목표는 분명했는데 바로 하몬을 먹는 것이었다. 하몬(Jamón)은 돼지 뒷다리로 만든 염장 햄인데 그 맛이 일품이라 꼭 먹어봐야 한다고 했다. 우리나라는 돼지 뒷다리가 고급 부위나 선호하는 부위가 아니어서 가격이 저렴하지만 이렇게 수개월 이상 염장해서 만든 하몬이 되면 이야기가 달라졌다. 시장 안에 하몬 가게가 많았는데 다들 돼지고기 뒷다리를 달아 놓고 염장하고 있었다. 나중에 거리에서도 하몬 가게를 많이 봤다.

하몬은 크게 세라노 하몬과 이베리코 하몬으로 나뉘는데 세라노는 백돼지, 이베리코는 토종 흑돼지이다. 이베리코도 도토리를 먹인 비율에 따라서 등급이 나뉜다. 우리도 기대가 컸기에 들어와서는 하몬 가게부터 찾았다. 시장 입구부터 하몬 가게가 있었지만 한 바퀴 둘러보면서 구경을 하고 괜찮아 보이는 가게에서 추천을 받아

두 번째 등급의 슬라이스 된 이베리코 하몬 1컵을 샀다. 등급별로 가격이 상이했다. 생각보다 전통 시장의 규모가 크지 않아서 전체를 둘러보는데, 시간이 오래 걸리지는 않았다. 아이는 이게 뭐냐, 뭐가 맛있냐는 등 질문을 곧잘 했다. 한 입 먹어보곤 짭짤하고, 고소하면서 감칠맛이 도는 게 입맛에 맞았는지 잘 먹었다.

보케리아 시장에 있는 하몬 가게

과일 주스도 사 마시고 시장 안에 있는 바에서 달걀과 새우 요리, 상그리아 등을 곁들여 먹고 만족스러운 식사를 즐겼다. 레드 와인과 탄산수, 얼음, 레몬과 오렌지 등의 과일을 넣은 상그리아의 취기가 살짝 올라와서 조금 당황스러웠다. 나는 중간에 화장실이 급해서 50센트를 내고 공용 화장실을 이용했다. 아이가 시장에서 나올 때 하몬을 한 번 더 먹고 싶다고 해서 아까 먹은 등급보다 더 높은, 가장 좋은 이베리코 베요타 등급을 먹어보기로 했다. 아이는 한 입 먹고는 부드럽고 살살 녹는다면서 나중에 방학 생활을 이야기할 때 꼭 말하고 싶다고 했다.

시장 안에 있는 바에서 간단한 식사

시장을 나와서 해변 쪽으로 걷기 시작했다. 사람들은 점점 더 많아져 있었다. 람블라스 거리 끝에 있는 콜럼버스 기념비를 지나쳐 해변에서 잠깐 앉아서 고생한 두 다리에게 쉼을 선물했다. 이때가 낮 12시였는데 이미 만 걸음 이상을 걸었었다. 콜럼버스는 아시다시피 이탈리아 제노바 사람으로 스페인에서 활동한 신항로 개척자로서 이 기념비에서는 왼손에 미국산 파이프를 들고, 오른손은 지중해를 향하고 있었다. 이 기념비 역시 개선문과 같이 1888년 세계 박람회를 기념해 세워졌는데 그의 탐험과는 별개로 잔인했던 만행을 아는 사람으로서는 씁쓸한 뒷맛이 느껴졌다. 기념비 앞에서 사진을 찍을 때 아이가 챙겨 온 쌍안경으로 항해사 포즈를 해서 웃겼다.

기념비 근처에 있는 해양 박물관에 들어가서는 스페인의 항해 시대 역사를 느낄 수 있었다. 아시아인은 우리만 있을 정도로 스페인 현지인들이나 오는 곳 같았는데 여러 범선, 선박 모형과 지도 등이 전시되어 있었다. 압권은 레판토 해전에서 활약한 로열 갤리선 복원품이었다. 1971년에 400주년을 기념해 만들어진 이 갤리선을 보니 해양강국 스페인의 모습이 보였다. 아내는 해양 박물관으로 쓰이는 옛 정비소 건물 자체가 마음에 든다고 했다. 다시 람블라스 거리를 가로질러서 어제 공항버스에서 내렸던 카탈루냐 광장을 지나 카탈라냐 음악당로 갔다. 카탈라냐 음악당 건물은 루이스 도메네크 이 몬타네르의 작품으로서 가우디 작품에 비견될 정도로 스타일은 달라도 모자이크 타일과 기하학적인 조각, 장식들이 멋졌다. 토요일 오후의 거리는 엄청난 인파로 붐비고 있었다. 겨울 비수기였지만 이 정도라니 여름 성수기는 어떨지 놀라웠다.

콜럼버스 기념비 앞에서 나와 아이

해양 박물관의 로열 갤리선 복원품

아이는 계속된 도보에 힘들어했지만, 함께 잘 걸어줘서 고마웠다. 지친 두 다리를 쉬게 하고 우리도 충전할 겸 카페에 가서 핫초코에 찍어 먹는 추로스와 봄본치노 등을 주문해 먹고 여유를 부렸다. 추로스는 익히 먹던 것과 그다지 차이는 없었는데 걸쭉한 핫초코에 찍어 먹는 것이 별미였다. 초콜릿을 본래 마시는 음료로 다뤘던 유럽이어서 그런가 하는 생각이 들었다.

카페에서 여유 부리기

한참 쉬고 난 다음에 바로 저녁 식사를 하기로 했다. 스페인은 대개 점심 식사를 오후 2~4시, 저녁 식사를 저녁 8시~10시에 하지만 우린 오후 4시에 저녁 식사를 하기로 했다. 점심 막바지인지 많은 테이블에는 사람들이 앉아 있었고 우리는 잠시 기다렸다가 자리를 잡았다. 스페인 명물인 감바스 알 아히요, 파에야와 이베리코 돼지 스테이크를 주문하고 마실 것은 상그리아를 점심때 마셔서 콜라만 주문했다. 아마 종업원은 우리가 늦은 점심을 먹으러 왔다고 생각했을 것 같았다.

맛을 탐닉했던 파에야

요리는 다 괜찮고 나쁘지 않았으나 가게 분위기가 바빠서 그런지 다소 어수선해 보이긴 했다. 감바스 알 아히요는 적절히 간이 배서 씹는 맛이 있었고 게 눈 감추듯 순식간에 없어졌다. 아이는 집에서 아빠가 해준 게 더 맛있다고 했다. 이베리코 돼지 스테이크는 구워진 풍미가 있었다. 우리가 제일 기대했던 파에야는 각종 해물과 밥의 간이 잘 배어 있어 짭짤하면서 시큼하고 매콤한 맛이 일품이었다.

34

우리는 처음 맛보는 정통 파에야의 맛을 탐닉하면서 그릇 바닥에 있는 눌은밥까지 깨끗이 긁어먹었다. 아이는 내가 자꾸 양보한다고 본인이 좋아하는 가재와 새우 살을 발라주었다. 우리는 저녁 식사를 마치고 나오는데 스페인 사람들은 그때가 점심 식사를 마친지 얼마 안 되었을 때였다. 다소 어둑해진 거리를 걸어서 마트에 들러서는 호텔에서 간단히 먹을 과자, 주스, 물 등을 사고 오늘의 여정을 마쳤다. 정육코너에서 하몬을 팔고 있어서 이 또한 놓칠 수 없었다.

마트에 있는 염장 돼지 뒷다리와 등급별 하몬

가우디의 도시

2023년 1월 08일(일)(3일째)-바르셀로나

어김없이 새벽잠에서 깼지만 억지로 잠을 청해 아침 알람 소리에 일어날 수 있었다. 아이는 제일 먼저 일어나서 뒹굴거렸다. 어제보단 늦게 호텔 밖으로 나와서 일요일 아침이 우리를 기다리고 있었다. 아내가 찾아놓은 식당은 호텔 근처여서 금방 도착했다. 9시 오픈이라 몇 분 기다렸는데 아이가 "Can I come in?"이라 물어보며 말하는데 스스럼이 없었다. 자리를 안내받고 주문하는데 먹는 걸 아끼지 않는 우리의 특성상 카푸치노, 주키니호박과 오이 샐러드, 에그 베네딕트, 아보카도 토스트, 팬케이크와 어제 아이가 인터넷으로 찾아놓은 크레이프 케이크 등을 주문해 먹는 여유를 즐겼다. 아이는 느끼하고 다디단 두 케이크 요리를 먹다가 느끼하다고 포기했다. 아침 식사를 끝내고 우리의 첫 목적지인 카사 바트요를 향했다.

든든하게 먹은 아침 식사

안토니 가우디, 우리가 흔히 '가우디'라고 칭하는 이 건축가는 카탈루냐가 낳은 스페인의 세계적인 건축가로 아마 한국인이 아는 건축가 중에서 가장 유명한 인물이 아닐까 싶다. 이미 살아있을 때부터 천재 건축가로 유명하며 가우디 특유의 아르누보 양식을 정립했다. 스페인 나아가 세계 현대 미술에 피카소가 있다면 건축에는 가우디가 있다고도 볼 수 있다. 가우디의 건축을 어느 정도 알고 있는 사람이라면 그의 건축은 곡선, 신화, 자연이 바탕이 된다는 걸 알 수 있다. '직선은 인간의 선이며, 곡선은 신의 선이다.'라는 가우디의 말에서 알 수 있듯이 그의 작품은 당시 주류였던 직선과 단순의 미학인 모더니즘과는 큰 거리가 있다. 그래서 가우디 작품 스타일은 그를 제외하곤 전승되어 거론되는 이가 극히 드물 정도로 포스트 모더니즘의 독특한 세계를 여는데 발군이라고 할 수 있다.

그리고 가우디 작품에서는 신화 나아가서 가톨릭 신앙과 자연에서 영감을 받은 모습이 많이 보인다. 생활 자체도 채식주의자였으며 자연이 보여주는 각종 열매, 식물, 곤충, 동물의 모습을 건축에 반영했다. 가우디는 1926년 73세로 생을 다하는데 그게 노면 전차에 치이는 사고를 당했을 때 노숙자로 오인받아 별다른 치료를 받지 못하고 사망에 이르렀다는 점에서 매우 안타까운 죽음이었다. 거의 국장으로 치러진 그의 장례식에는 수많은 사람이 참석했고 그의 무덤은 지금도 공사가 진행 중인 사그라다 파밀리아 대성당 밑에 자리 잡고 있다.

그의 작품은 스페인, 특히 바르셀로나에 많이 자리 잡고 있다. 첫 완성작인 레이알 광장의 가로등(1879)을 비롯해 카사 비센스 (1878~1888), 구엘 별장(1884~1887), 구엘 저택(1886~1889),

카사 칼베트(1898~1900), 구엘 공원(1900~1914), 카사 바트요 (1904~1906), 카사 밀라(1905~1910) 그리고 지금까지 공사가 이어지고 있는 사그라다 파밀리아 대성당(1883~) 등이 있다. 오늘 방문하게 되는 가우디의 작품은 카사 3종 세트로 카사 바트요, 카사 밀라, 카사 비센스가 되겠다. 카사(Casa)는 집을 의미하는 뜻으로 카사 바트요하면 바트요의 집이 된다.

그라시아 거리에서 본 카사 바트요

바르셀로나의 샹젤리제 거리라고 할 수 있는 그라시아 명품거리를 걷다가 보이는 첫 작품이 카사 바트요였다. 이미 그 앞에 많은 사람들이 사진을 찍거나 입장하고 있었다. 우리도 앞에서 가우디의 작품의 첫 관람을 자축하며 사진으로 남겼다. 그동안 런던, 파리, 로마, 뉴욕 등에 있는 유수의 박물관이나 전시관의 해설을 들은 적이 없었는데 가우디의 작품은 제대로 듣고 싶어서 오디오 가이드의 설명에 귀를 기울이며 관람을 했다. 카사 바트요는 1904년에 직물업자 바트요의 요청으로 짓게 되었는데 이 거리에서 가장 멋지고 호화로운 건물을 지어달라는 의뢰로 시작되었다. 평범한 건물들이 줄 지어선 거리에서 카사 바트요 옆 건물이 리모델링 되면서 이목을 끌자 그보다 더한 작품을 요구한 것이다.

카사 바트요의 곡선

그에 맞게 1906년에 완성된 건물은 색유리와 타일로 꾸며 가우디 작품 개성이 여실히 드러난 최고의 작품으로 손꼽는데 주저함이 없다. 바다가 연상되는 색감과 곡선, 자연, 신화가 절묘하게 섞인 이 건축은 지도 위의 예술품이라고 봐야 할 정도였다. 서양에서는 유명한 바르셀로나의 수호성인 조르디(게오르기우스) 신화를 차용해 사악한 용, 그를 무찌르는 기사와 창, 해골의 모습이 나타나 있다. 1969년에 스페인 역사 유산, 2005년에는 세계 문화유산으로 인정되어 높은 가치를 지니고 있다.

카사 바트요의 색감

카사 바트요 관람을 마치고 다음 타자인 카사 밀라를 향해 걸음을 옮겼다. 멀지 않은 곳에 있어서 금방 찾을 수 있었다. 역시 많은 인파가 모여있었고 카사 바트요와는 다른 거대하면서 절제미가 있는 모습이 드러났다. 카사 밀라는 당시 가톨릭에 심취해 있던 가우디가 사그라다 파밀리아 성당을 짓는 동안에 만든 고급 아파트 건물로 1905년에 착공되어 1910년에 완성되었다. 카사 바트요와 비교해도 코너에 위치한 카사 밀라는 훨씬 큰 규모를 자랑했다. 당시 건축을 의뢰한 바르셀로나의 부유한 사업가 밀라 부부는 화려한 모습을 요구했지만, 밋밋한 색감의 외관으로 인해 많은 실망을 했고 결국 가우디와 소송까지 불사했으나 패소하고 말았다. 그런 사실과는 별개로 가우디는 곡선과 기하학적인 건축 스타일 때문에 직접 맞춤 인테리어까지 하면서 실내 장식, 가구들까지 제작하며 열의를 보였던 작품이다. 파도치는 모습의 외관 때문에 채석장이라는 별명을 갖고 있기도 했다.

카사 바트요와는 다른 묵직함을 보여주는 카사 밀라

날씨가 흐릿해지고 있어서 걱정은 되었지만, 소나기 정도로 예보되었기에 별다른 신경을 쓰지 않고 점심 식사를 위해 그라시아 광장으로 갔다. 현지인들이 사는 동네라서 그런지 가는 길에 동양인은 우리뿐이었다. 처음에는 작은 스페인 식당을 갔는데 예약 자리로 꽉 찼다고 해서 그다음으로 봐둔 시리아 식당으로 갔다.

든든했던 시리아 식당 요리

아늑한 레스토랑에 들어서는 친절한 사장의 응대에 따라 훔무스, 샤와르마와 카프타 플레이트, 샤와르마 랩, 피타, 아이란 등을 주문했다. 아이가 아이란을 잘 마실 줄 알았는데 그렇지 못해서 주스를 추가 주문했다. 식사는 하는 중에 밖에서는 가는 빗줄기가 내리고 있었다. 양이 꽤 되던 훔무스와 아이란까지 해치우고 나서 거리로 나섰다. 광장에 봐둔 젤라토 가게가 있어서 아이의 작은 소원인 젤라토 아이스크림을 사주었다.

그리고 카사 비센스를 향해 다시 걷기 시작했다. 건물 주변에는 상대적으로 덜 알려진 작품인지 사람들이 많지는 않았다. 카사 비센스는 가우디가 건축학교를 졸업하기 전에 설계한 초기 작품으로 바르셀로나 건축상을 받은 작품이다. 이때 시공하면서 직접 현장

감독을 했는데, 이는 가우디의 꼼꼼하고 세심한 성격을 보여주면서 그의 건축 철학의 시작을 알리는 것이었다. 타일 제조 업자인 마누엘 비센스의 집이어서 그랬는지 당시부터 고급 재료 타일을 다양하게 사용해 그의 개성이 잘 드러난 작품으로 이슬람 양식의 느낌도 잘 나타났다. 지하와 지상 4층으로 이루어져 있고 1888년에 완공되었다. 날이 흐려서 사진이 잘 나오지는 않았지만, 구경을 끝내고 다시 그라시아 거리 쪽으로 나와서 왔던 길을 되돌아갔다. 스페인에 왔으니 이곳의 대표적인 의류브랜드 ZARA 매장에 가기 위해서였다. 마침 여벌의 바지가 필요해서 안성맞춤이었다.

가우디의 초기 작품 카사 비센스

널찍한 거리에 즐비한 각종 명품매장을 지나쳐가니 이윽고 사거리 대로변에 있는 ZARA 매장이 눈에 보였다. 이곳은 H&M과 유니클로와 맞닿아서 SPA 브랜드 각축장을 방불케 했다. 먼저 여성과 아동 의류 코너를 둘러봤는데 옷이 우리나라보다 1~2만 원 정도 저렴해 보였다. 아이 옷을 대량 사고 싶었지만, 당장 필요한 건 아니어서 옷걸이를 들었다가 놓기를 반복했다. 그다음 남성 의류 코너는 옆 건물이어서 이동해 구경했다. 아내와 아이는 벤치에 앉아서 쉬고 나는 이리저리 보면서 바지와 맨투맨 티를 골랐다. 여행 오면서 바지를 2개만 챙겼는데 하나는 두꺼운 거라서 하나 입기 위해 샀고, 맨투맨 티는 없다는 핑계로 골랐다.

아이는 자기가 계산하겠다고 하고는 스페인어로 "계산서 주세요.(La cuenta, por favor.)"를 말했다. 아침 식사 때 갔던 레스토랑에서도 그러더니 매번 가게에서 잘 쓰는 말이 되었다. 이후로 여행에서 매번 영수증 달라는 말은 아이 몫이 되었다. 매장에서 나온 다음 근처에 레고 매장이 있어서 지친 아이를 위해 함께 들어가 눈이 즐거운 구경을 했다. 역시 가우디의 도시답게 구엘 공원, 사그라다 파밀리아 대성당을 재현한 레고 조립이 있어서 눈길을 끌었다. 생각보다 종류가 많아서 보는 재미가 있었지만, 아내는 지쳐가서 아이만 한 바퀴 더 돌면서 구경을 했다. 뭔가 하나 사고 싶었으나 이번 여행에서는 되도록 기념품이나 물건을 사지 않기로 했기에 꾹 참았다.

바르셀로나 레고 매장의 구엘 공원

아직 뱃속에 훔무스가 남아 있었지만, 저녁 식사 시간이 되어 아내가 찾아놓은 레스토랑으로 갔다. 아이는 식당에 들어가자마자 자리가 있냐고 종업원에게 물어봐서 우릴 당황케 했다. 인기가 좋은지 이미 자리가 만석이라 잠깐 대기한 다음에 안내를 받았다. 우리는 타파스를 먹으러 온 거라서 상그리아 500ml, 오렌지 주스, 물과 함께 타파스로 감바스 알 아히요, 맛조개 구이, 버섯 구이, 꿀 대구 요리를 시켰다. 타파스는 꿀 대구를 제외하곤 내 입맛에 맞았다. 아내도 다 좋은데 꿀 대구만 조금 느끼해서 입에 맞지 않았다고 했다. 우리는 몰랐는데 이 레스토랑이 한국 방송에 나왔는지 한국인들이 여럿 보여서 신기했다. 알고 보니까 우리가 제일 별로라고 생각했던 꿀 대구가 한국 방송에 나오면서 유명해졌다고 했다. 오묘한 맛의 세계였다. 상그리아는 맛이 좋았는데 와인 함량이 높았던지 작은 잔으로 4잔을 마신 나는 결국 취하고 말았다.

여행 동료가 되어간 식사 자리

아이까지 서로 여행에서 좋은 것, 맛있던 것 등을 이야기하며 저녁을 즐겼다. 예전과는 다르게 함께 여행하는 동료가 돼 가는 느낌이 들었다. 식사를 마치고 나온 바르셀로나 거리는 이미 어둑한 밤공기가 내려앉았다. 호텔로 가는 길에 카사 바트요가 있어서 레이저 쇼를 볼 수 있는 행운을 누렸다. 다들 어떻게 알았는지 사람들이 꽤 보고 있었다. 그리고 아이는 가는 길에 들린 슈퍼마켓에서 하몬 맛 프링글스를 찾아내 기쁜 마음을 감추지 못했다. 다소 비틀거리며 도착한 숙소에서 여행의 세 번째 밤이 저물어갔다.

神의 구원에서 아픔의 구원까지

2023년 1월 09일(월)(4일째)-바르셀로나

바르셀로나에서 세 번째 날이 밝았다. 점점 시차 적응은 되어갔고 주변 풍경도 익숙해졌다. 어제와는 다르게 짙푸른 하늘이 맞이하는 아침 공기를 한껏 들이마셨다. 9시에 사그라다 파밀리아 대성당 투어 예약이 되어있어서 첫날 아침 식사를 했던 근처 카페에 가서 초콜릿이 뿌려진 카푸치노와 갓 짜낸 오렌지 주스, 빵으로 간단히 허기를 메우고 성당으로 갔다. 우리가 첫 타임 투어이어서인지 그렇게 붐비지는 않았다. 세계적인 명소답게 검색대를 통과해야만 입장할 수 있었다. 호텔이 이 근처라서 오다가다 보기만 했는데 제대로 탐방을 해볼 수 있어서 기대되었다.

사그라다 파밀리아 대성당은 성가족 대성당으로도 불리며 1882년 3월 19일에 공사를 시작해 현재까지 공사를 하고 있는 성당으로 살아있는 전설이 된 최고의 명소이다. 가우디의 계산대로라면 2082년에 준공이지만, 현대 건축 기술의 발달과 가우디 사망 100주기인 2026년에 맞춘다는 스페인 정부의 의지 때문에 속도가 나고 있다. 본래 유럽은 기부금만으로 지어지는 경우가 많고, 성당 건축에 있어서 100년 이상 걸렸던 성당이 즐비했다. 익히 아는 이탈리아 밀라노의 두오모나 바로 근처에 있는 바르셀로나 대성당 역시 그랬다. 하지만 그런 성당들은 이미 공사가 끝났고 어떤 의미로 현재까지 그런 방식을 고수하며 건축을 하는 건 사그라다 파밀리아 대성당이 유일하므로 그 가치가 더욱 크다고 하겠다. 그래서 공사를 급하게 강행하는데 반대하는 목소리도 적지 않다고 한다. 나도 개인적으로 공사를 빨리 하기보다는 카탈루냐 사람들의 힘으로 하나씩 완성되기를 바랐다. 이미 공사비를 충당하는 기부금은 충분하니 제대로 마무리하는 것이 중요해 보였다. 여담으로 건축 허가가 안 되어서 136년간 아무도 모른 채로 무허가로 짓다가 알게 되어 2017년에 벌금 3,600만 유로를 내기로 했다.

탄생의 파사드 부조 중 성전에 바침

2010년 11월 7일에 지금은 선종한 당시 교황 베네딕토 16세가 축성한 이력이 있는데 본래 준공 후에 하는 걸 생각하면 바티칸의 관심이 얼마나 지대한지 알 수 있다. 이 축성으로 인해 성당의 격이 대성당에서 더 높은 대성전(Basilica) 급으로 올라갔으나 보통 이야기할 때 일반적으로 별다른 구분하지 않고 말하기에 성당 혹은 대성당으로 표현을 하겠다. 한국 천주교의 정식 명칭에 따르면 '속죄의 성가정 대성전'이 된다. 성가정은 예수, 성모 마리아, 나사렛의 성 요셉을 의미하며 3월 19일은 성 요셉의 축일이다. 이 성당이 완성되면 첨탑 높이가 172.5m로 현재 가장 높은 독일의

50

울름 대성당의 높이 161.5m를 넘어서게 된다. 높이도 이유가 재미있는데 바르셀로나의 몬주익 언덕 높이가 173m라서 하느님을 넘지 않을 수 없다는 뜻으로 지었고 무게도 이 높이만 지탱할 수 있게 설계했다고 한다.

처음 착공은 1882년이나 본래 건축가는 교구의 건축가인 프란시스코 빌라르가 공사 과정에서 사임하게 되고 후임으로 1883년부터 가우디가 도맡아서 하게 되었다. 성당 수석건축가가 된 가우디는 독실한 가톨릭 신자로서 영광을 바치기 위해 이 공사에 평생을 헌신했다. 그러나 가우디는 자신이 살아있을 때 완성되리라 생각하지 않았는데, 그것과는 다르게 구체적인 설계도를 남기진 않았다. 그래서 생전 가우디가 만들어 놓은 탄생의 파사드 부분을 가지고 그 반대편을 만들고 나머지도 후대의 건축가들이 채우게 되었다. 본래 성당을 지을 때 미사를 볼 수 있는 부분을 맨 먼저 만든다. 그것은 미사를 통해 기부금을 모으고 이걸로 공사비를 충족하기 위함인데 가우디가 그렇게 짓지 않았던 것은 이런 이유 때문이지 않나 싶었다.

오늘 우리에게 필요한 양식을 주옵소서

맞은편 공원에서 바라본 성당

가우디 건축에서 빠지지 않은 것이 곡선이다. 성당 건축의 본류는 로마네스크 양식을 넘어 고딕 양식이 주를 이뤘는데, 고딕 양식은 신에게 가까이 다가가고 싶다는 인간의 신앙이 잘 실현되나 벽체가 약해서 드높은 첨탑을 지탱하기 어려워서 공중 부벽을 설치해야 했다. 이걸 해결하고자 안전성과 미학을 다 잡은 현수선 구조를 만들어 건축에 도입했다. 이는 실의 중간에 추를 매달아 휘어지는 것을 연결해 곡선으로 만든 구조체의 안정적인 모습을 찾아낸 것이었다. 파사드에는 예수를 상징하는 중앙의 높은 첨탑과 4대 복음서의 성인 마테오, 루카, 마르코, 요한을 상징하는 4개의 첨탑이 있으며 12명의 사도를 상징하는 12개의 첨탑이 솟아 있다.

현재는 주 출입구로 사용되는 성당 오른쪽 부분인 '예수의 탄생'은 완성되었고 왼쪽 부분인 '예수의 수난'은 거의 완성 직전이지만 정면이라 할 수 있는 '예수의 영광'은 아직 진행 중이었다. 북동쪽인 탄생의 파사드는 가우디 생전에 완공되었고 유려한 곡선이 사람들을 맞이했다. 제일 대중 매체에 많이 소개된 구역이 아닐까 싶다. 예수 탄생 관련된 내용이 많으며 왼쪽은 요셉의 '희망의 문', 오른쪽은 성모 마리아의 '신앙의 문', 가운데는 예수의 '사랑의 문'으로 세 출입문이 있다.

지금 주 출입구의 반대쪽인 남서쪽의 수난의 파사드는 뒷부분과는 절제된 모습이 보인다. 1954년부터 수비라치에 의해 건축되었는데 가우디의 구체적인 설계도가 없어서 그의 생각이 많이 들어갔기 때문에 탄생의 파사드와 느낌이 매우 다르다. 그래서 떼어놓고 보면 전혀 다른 건축물처럼 보이기도 했다. 가우디의 생전 말처럼 공포와 경외심을 보이도록 뼈로 된 건축 같았다. 그리고 성당의 남동쪽인 영광의 파사드는 2002년부터 공사에 들어가서 완성되면 주 출입구가 될 구역이지만 한창 공사 중에 있었다. 전혀 볼 수가 없어서 아쉬웠지만, 모형이나 그림으로 제작된 것이 있어서 머릿속으로 그려볼 수 있었다. 문제는 도로와 맞닿아 있어서 준공 이후 어떨지 내심 걱정이 되었다. 2011년에 완성된 성모 마리아 탑의 별이 빛나고 있었고 더 높게 예수 그리스도 탑이 세워지고 있었다.

탄생과 수난의 파사드 내부 입구

영광의 파사드 내부 입구와 제단

한참을 탄생의 파사드 앞에서 감탄을 하다가 안으로 들어갔다. 성당 내부는 자연에서 영감을 받아 마치 숲속에 있는 느낌을 갖게 했다. 석조로 된 숲속으로 들어가서 거대한 나무 기둥들 사이로 거니는 듯한 착각을 불러일으키는 효과가 있었고, 백미는 시간대에 따라서 내부 모습이 변한다는 것이었다. 동쪽에서 해가 뜰 때는 파란색, 초록색, 연두색 등의 스테인드글라스에서 빛이 쏟아져 탄생의 푸른빛이 실내를 채우게 되며 서쪽으로 해가 질 때는 붉은색, 주황색, 노란색 등의 스테인드글라스를 통해 죽음을 담아내게 된다. 오전 시간이어서 햇빛을 받는 탄생의 파사드 쪽은 녹청색 빛을 뿌리고 있었고, 반대쪽 수난의 파사드의 스테인드글라스도 붉은빛을 쏟아내고 있어서 이런 공간에 내가 있다는 것이 놀랍기만 했다. 정말이지 신이 만들어낸 자연의 모습을 담아낸 가우디의 천재성이 돋보이는 순간이었다. 유럽의 여러 성당을 가보았던 나에게 라테라노 성당, 성 베드로 성당, 노트르담 성당, 세인트 폴 성당, 피렌체 두오모 등보다 더 놀랍고 경이로운 곳이 여기였다. 인간의 상상력과 천재성이 발휘된 유일무이의 성당이면서 기존의 개념을 탈피한 성당으로 특별하다는 것으로도 부족해 보였다. 수난의 파사드까지 구경을 하고 지하 전시 공간을 둘러보고 나와서는 주변을 돌면서 마음속으로 감동을 넘치도록 채워나갔다.

시시각각 변하는 스테인드글라스의 빛

숲에 들어온 듯한 성당 내부

4대 복음서를 집필한 마태오, 마르코, 루카, 요한

경탄과 찬탄을 자아내는 성당 배경

2시간 넘게 시간을 보내서 점심 식사를 이 근처에서 하기로 했다. 그래서 저녁 식사를 하려고 했던 호텔 앞에 있는 레스토랑에서 점심을 하는 게 나을 듯싶어서 사그라다 파밀리아 대성당을 두 눈에 담으며 떠났다. 레스토랑 오픈까지 시간이 조금 남아서 호텔에 들러 두툼한 옷으로 갈아입고 나왔다. 유난히 바람이 부는 날이라 화창한 날씨와 다르게 생각보다 쌀쌀했다. 레스토랑은 호텔 카운터 직원에게 추천받은 식당인데 인터넷 평점도 매우 높았다. 젊고 친절한 사장님은 세심하게 살펴줘서 기분 좋게 식사할 수 있었다. 어디서 왔냐고 물어보길래 한국에서 왔다고 하니 본인은 콜롬비아 출신이고 할아버지가 한국전쟁에 참전했다고 했다.

우리는 판 콘 토마테, 오믈렛(토르티야), 이베리코 목살 스테이크, 달팽이 요리, 먹물 파에야 등을 주문해서 먹었다. 음식이 하나같이 빠지는 데 없이 맛있어서 만족스러운 식사였다. 먹고 나서 한국전쟁 참전의 고마움에 감사의 말을 전하고 같이 사진 찍고 싶어서 찍자고 하니 옆 테이블에서 식사하던 미국인 할아버지가 다 같이 찍어주었다. 계산할 때 카드로 한다며 두 손가락으로 네모 제스처를 취하니 축구에서는 경고 표시라고 하며 한국 사람들이 하는 손짓이 특이해서 재미있다고 했다. 든든하게 배를 채웠으니 다음 목적지인 구엘 공원을 향해 걸었다.

단연코 스페인 최고 레스토랑 중 하나

구엘 공원은 이번 스페인 여행에서 아내가 가장 고대하고 기대했던 공간으로 본인의 핸드폰 배경화면으로 해놓으며 여행을 준비했던 곳이기도 했다. 가우디의 부유한 후원자인 구엘 백작은 바르셀로나 시내에서 벗어나 전원주택단지를 조성해 그쪽에서 살고 싶은 마음이 있어서 건설에 박차를 가했지만, 당시 시내와 너무 떨어지고 치안 문제로 인해 구엘, 구엘 가문의 변호사 그리고 가우디만 이쪽에 살게 되었다. 60여 채의 건물을 세우려던 계획이 차질을 빚고 3채만 건설된 것이다. 그 와중에 경비실과 관리실을 짓게 된 이유가 바로 치안 때문이었다. 나중에 구엘 가문이 이 지역을 시에 기증하면서 공원으로 탈바꿈했다. 이 공원 벽에는 영어로 'Park'라고 적혀있어서 영국의 정원 문화의 영향을 받았다는 설도 있다.

또 하나의 가우디 걸작

나름 언덕 위에 있는 곳이라서 거리보다 체감상 힘들게 올라갔다. 내리쬐는 햇볕에 더워져 점퍼를 벗고 반팔 티셔츠로 다녔다. 가우디 특유의 건축물과 다리, 조경 등을 보러 온 사람들 속에서 우리도 이곳저곳 다니며 사진으로 순간을 담아냈다. 소원을 비는 작은 웅덩이 같은 곳이 있어서 아이에게 2센트 동전을 주어 던지게 했는데, 빗나가서 아이가 계속 아쉬워했다. 어제도 그렇지만 오늘도 가우디의 작품을 잔뜩 사진 폴더에 담았다. 생각해 보면 이런 작품이 있기에 이곳, 바르셀로나는 영원히 꺼지지 않는 도시가 될 것 같았다. 그런 생각 때문일까, 오버투어리즘으로 몸살을 앓고 있는 대표적인 도시답게 관람을 마치고 다음 목적지인 벙커에 가는 길에는 '관광객은 집으로 가라.' 등의 문구가 눈에 띄었다. 당국은 도시세를 받고 있지만, 관광객으로 인한 혼잡이나 땅값 상승 등으로 현지인에게는 세계적인 도시에 사는 일상의 불편함이 고통일 수 있겠다는 생각이 들었다.

오버투어리즘의 도시

바르셀로나가 한눈에 보이는 벙커에 가는 길은 동네 산을 오르는 기분이었다. 스페인 내전 당시 대공포대가 있었던 벙커는 시내를 한눈에 조망하기에 안성맞춤인 장소였다. 바람이 나름 세찼으나

오르막길 때문에 더워서 겉옷을 입었다 벗었다 하며 올라갔다. 아이는 힘들다며 발목에 불이 난다고 했지만, 끝까지 혼자 힘으로 올라왔다. 야경을 보러 많이 온다는데 우리는 시간이 오후 4시여서 오렌지 빛깔로 물든 도시를 보는 것으로 만족했다. 온갖 그래비티 낙서와 부서진 콘크리트 벽 때문에 굉장히 힙한 공간이고 젊은이들, 특히 커플들이 많아서 조용한 데이트 공간이기도 했다. 우리는 전경을 바라보며 바르셀로나에서 보내는 마지막 날을 위안했다.

벙커에서 본 바르셀로나 전경

내려가는 길은 산 파우 병원을 가기 위해 올라왔던 곳과 다르게 갔다. 산 파우 병원은 가우디의 스승이었던 몬타네르가 1902년 설계한 현대식 병원으로 가우디와 비슷하면서 다른 그만의 기하학적이고 감각적인 아르누보 양식을 선보이는 건물로 한번 방문할 가치가 있었다. 예술은 사람을 치유하는 힘이 있다고 본 그의 신념에 맞추어 병원의 기능적인 측면만 부각된 현대의 인식과는 다르게 따뜻하며 몽환적인 분위기를 연출했다. 1997년에 유네스코 세계 문화유산으로 지정되어 가우디만이 아니라 몬타네르라는 건축가가 있다는 것을 카탈라냐 음악당과 함께 보여주고 있었다. 그의 신념에 맡게 병원에서 사그라다 파밀리아가 보이게끔 설계했다니 그 의미가 깊다고 할 수 있다. 바르셀로나의 마지막 작품으로 손색이 없었다.

바르셀로나를 배경으로 점프

저녁 식사는 내가 먹고 싶어 했던 스페인 전통 요리인 칼솟을 위해 아내가 찾은 레스토랑으로 정했다. 한 20분을 더 걸어가서 조용한 동네 모퉁이에 있는 식당으로 들어갔는데 잔뜩 걸린 방문 사진들과는 다르게 한산해 보여서 예약 없이 자리를 잡을 수 있었다. 바르셀로나 마지막 만찬이라 이번에도 넉넉히 주문했다. 먼저 대파구이 요리 칼솟과 빠질 수 없는 감바스 알 아히요, 파에야, 판 콘 토마테를 주문했다. 나와 아내는 상그리아 대신 틴토 데 베라노, 아이는 어김없이 오렌지 주스를 시켰다. 판 콘 토마테는 직접 마늘과 토마토를 빵에 비벼야 해서 색달랐다. 칼솟은 손으로 대파의 구워진 겉면을 떼어 내고 익힌 속을 먹는 건데, 소스에 찍어 먹는 게 내 입맛에 맞아서 아주 맛있게 먹었다. 파에야는 양이 꽤 많아서 맛있었는데도 불구하고 남길 수밖에 없었다. 우리가 먹어보니 스페인 요리가 한국인에게 잘 어울린다는 게 틀린 말이 아니었다.

마지막 바르셀로나 만찬

64

칼솟 먹방

식사를 마치고 호텔로 가는 길에 마지막으로 사그라다 파밀리아 대성당의 밤을 보고 가자고 했다. 걸어가는 이 길이 언제가 될지는 모르겠지만 내 인생 마지막일 수도 있다 생각하니 아쉽게 느껴졌다. 성당은 어두운 밤하늘을 병풍 삼아 빛나고 있었다. 드높게 솟아 있는 첨탑을 보니 과연 세계에서 가장 높은 성당다웠다. 다들 하루 종일 시내 전역을 걷고 걷느라 발바닥이 고생을 많이 해서 아내와 아이는 발바닥에 패치를 붙이고 피로를 풀었다. 두 사람이 잠든 한밤에 글을 마무리하며 가우디의 도시에서 갖는 마지막 밤을 매만져보았다.

마지막 사그라다 파밀리아 성당 야경

바르셀로나의 여기

우리가 걷고, 바라본 곳들

사그라다 파밀리아 대성당(Basílica de la Sagrada Familia)

모누멘탈 투우경기장(Plaza de Toros Monumental de Barcelona)

개선문(Arc de Triomf)

바르셀로나 대성당(Barcelona Cathedral)

산 하우메 광장(Placa de Sant Jaume)

레이알 광장(Plaça Reial)

보케리아 시장(Mercat de la Boqueria)

구엘 저택(Palau Güell)

카탈라냐 음악당(Palau de la Música Catalana)

해양박물관(Museu Maritim de Barcelona)

카탈루냐 광장(Plaza de Catalunya)

카사 바트요(Casa Batlló)

카사 밀라(Casa Milà)

그라시아 광장(Plaça de la Vila de Gràcia)

카사 비센스(Casa Vicens)

구엘 공원(Parc Guell)

벙커(Bunkers del carmel)

산 파우 병원(Recinte Modernista de Sant Pau)

펠리페 2세의 도시

2023년 1월 10일(화)(5일째)-바르셀로나에서 마드리드

바르셀로나의 마지막 날 아침은 시간에 추를 매단 것처럼 정신없이 지나갔다. 호텔을 나가기 전에 개인적 업무에 문제가 생겼다는 연락을 한국으로부터 받아서 그것을 수습하느라 시간이 매우 촉박했다. 몇 차례 통화를 마치고 서둘러 준비한 다음에 체크 아웃을 하고 밖으로 나왔다. 우버 택시를 부르려고 했는데 도저히 기차 시간에 맞출 수 없을 거 같아서 호텔 카운터에 물어본 대로 도로변에 있다가 지나가는 택시를 잡아탔다. 다행히 바로 택시가 나타나서 천사가 강림한 느낌이었다. 덕분에 늦지 않게 역으로 갈 수 있었다. 우리는 마드리드로 고속열차를 타고 이동하는 날이기 때문에 바르셀로나 산츠 역으로 향했다. 산츠 역은 바르셀로나에서 가장 큰 규모를 자랑하는 역으로 스페인 각지를 철도로 연결하고 있다. 9시 마드리드행인데 8시 40분을 넘겨 도착했기 때문에 나는 잠깐 커피 하나 살까 했지만 짐 검색도 있어서 불안한 아내는 바로 들어가자고 했다.

바르셀로나 산츠 역

짐 검색을 마치고 우리가 탑승할 5번 플랫폼에 내려오니 아이가 소변이 마렵다고 했다. 택시 안에서부터 조금 마렵다고 했는데 역에 도착해 보인 화장실이 마침 공사 중이라 5번 플랫폼으로 바로 왔다가 화장실을 못 찾은 것이었다. 그래서 다시 아이와 중앙 로비로 올라갔는데 짐 검색대와 표 검사를 다시 통과해야 하는 걸 알았다. 시간이 10분도 안 남은 상황이라 당황스러웠고 부리나케 아내에게 전화를 걸어 표를 전송해 달라고 했다. 검색대를 통과하고 플랫폼으로 정신없이 뛰어서 다시 오니 이미 기차는 오고 사람들이 탑승하고 있었다. 도착지를 확인하고 아이와 함께 일단 아내를 찾았지만 찾을 수 없어서 마음이 타들어 갔는데 아이가 우리 좌석이 6번 차량이라는 걸 기억해서 6번으로 탔다. 거기서 두리번거리며 아내에게 전화를 했으나 아내는 안 보이고 전화는 안 받아서 초조하게 있다가 통화가 되었다. 아내가 6번 차량 내부에 안 보여서 미리 탔으면 있을 텐데 계속 안 보이니 우리가 잘못 탔나 싶었지만, 아내가 이쪽으로 온다고 해서 끊고 무사히 만났다. 그때 이미 기차는 움직이고 있었다.

캐리어를 짐 놓는 칸에 싣고 자리에 앉으니 그때야 마음이 조금씩 놓였다. 아이와 아내는 8C, D 좌석이고 나는 뒷좌석에서 스페인 할아버지와 함께 타고 갔다. 아이는 기차 화장실에서 참았던 소변을 보고 왔다. 겨우 기차 타는 일정만 있었는데 불덩이를 먹은 듯한 아침이었다. 창밖으로 펼쳐지는 바르셀로나 교외 풍경이 그때야 보이기 시작했다. 시간이 지나자 기차 안에서 간식, 커피 등을 파는 카트가 지나갔다. 우리나라는 사라진 옛 풍경이어서 그런지 왠지 모르게 반가웠다.

고속철 내부에서 본 간식 판매 카트

스페인의 두 번째로 방문하는 도시이자, 스페인의 수도 마드리드에 도착했다. 마드리드는 과거부터 카탈루냐 지방의 바르셀로나와 경쟁 관계에 있는 도시이다. 당시 신성로마제국의 황제로 유럽의 거대한 영토를 지배했던 카를로스 5세의 아들 펠리페 2세는 스페인과 네덜란드를 상속받고 아버지와는 다르게 스페인에서 상주하게 되었다. 그래서 새로운 수도를 만들 필요성을 느끼고 귀족들의 입김이 강했던 바야돌리드, 톨레도 등 카스티야의 예전 중심지를 벗어나 1561년 마드리드로 왕궁을 옮기면서 급속도로 발전하게 되었다.

신항로 개척 이후 대서양이 상업 중심지가 되었던 세비야 등 남부 항구도시와 수도 마드리드는 신대륙으로부터 거대한 부를 축적했지만 이후 산업혁명으로 연결하는데 실패하고 소비도시인 마드리드로 모든 게 집중된 나머지 그 주변 지역이 쇠퇴하게 되었는데 역설적으로 지중해 무역으로 번성하고 후에 산업적으로 성공했던 바르셀로나와 대비되는 곳이기도 했다.

도착한 마드리드 아토차 역

사라고사를 지나 11시 45분에 마드리드 아토차 역에 도착했다. 이 도시에서는 호텔이 아닌 개인 숙박업소를 이용해서 마드리드 현지 분위기를 더 느껴보고자 했다. 역 밖으로 나와서 캐리어를 끌고 10여 분을 걸어가자 숙소가 있는 거리로 나왔다. 아직 체크 인하기 전이라 짐만 놓고 다시 나가기로 했다. 벨을 누르니 청소 중인 아주머니가 대답하고 문을 열어줬다. 프랑스 파리에 머물렀을 당시 열쇠 여는 게 힘들었던 현지 숙소가 생각나는 구조였다. 짐을 놓고 나와서 솔 광장을 향했다.

0km 지점에 모인 3명

활기찬 거리를 지나서 솔 광장에 도착했다. 솔 광장은 푸에르타 델 솔(Puerta del sol) 즉, 태양의 문이라는 별칭이 있는데 그건 예전 중세 시대에 태양의 모습이 새겨진 문이 있었기 때문이다. 마드리드 에서 가장 유명한 광장이고, 수많은 여행객이 찾는 장소라고 생각되는 데 그건 광장 시계탑 쪽에 0km 지점이 있기 때문이다. 우리도 그 곳을 밟고 사진을 찍었다. 그리고 근처에 마드리드의 상징인 나무 를 잡고 서 있는 우람한 곰 동상이 있었다. 우리가 사진을 찍는데 3명의 아이와 여행 중인 오스트레일리아 아주머니가 사진을 찍어달 래서 찍어주니 매우 만족해했다. 우리보고 어디 가는지 이것저것 물 어보고 어디가 좋다는 등 이야기를 했다. 이곳에는 얼마 전인 12월 31일에 마드리드 사람들이 청포도 12알을 먹으며 자정을 축하하는 노체 비에하 행사가 있었다. 1895년 포도 농사 풍년으로 국왕이 포 도를 나눠줬는데 1909년에 포도 판매 증진을 위해 농민들이 기획 해 지금까지 이어지는 행사라고 했다.

마드리드의 상징

여기서 점심을 하기로 해서 아내가 찾은 하몬 전문 레스토랑을 찾았다. 1시에 오픈이어서 잠시 기다리고 들어가서 자리에 앉았다. 1층은 바 형태로 간단히 맥주와 하몬 샌드위치 등을 먹을 수 있었고 2층은 레스토랑으로 운영되었다. 창가 자리에 앉아서 오늘의 요리 중에 아이가 먹고 싶어 하던 하몬 콘 멜론과 닭 다리 구이와 돼지 갈매기살 스테이크를 주문했다. 먼저 하몬 콘 멜론은 기대 이하여서 먹기가 조금 힘들었다. 아무래도 등급이 낮은 하몬을 쓰지 않았나 싶었는데 멜론의 수분으로 인해 다소 물컹해진 하몬의 식감과 오묘한 단맛과 짠맛의 조화가 참기 어려웠다. 하몬은 육포가 아니더라도 그 식감이 있는데 이건 멜론의 수분 때문에 씹는 맛도 덜하고 멜론의 단맛과 하몬의 짠맛이 잘못 만난 듯했다. 다음에 레스토랑에서 먹는다면 하몬이 어느 등급인지 미리 물어보는 것도 방법일 듯했다. 대신에 멜론은 맛있어서 따로 먹고 하몬도 조각내어 바게트에 끼워서 먹었다. 아침부터 점심까지 뭔가 삐걱거리는 날이었다.

마드리드에서 첫 식사

식사를 마치고 근처 마요르 광장으로 향했다. 날이 쾌청해서 걷는 재미가 있었고 바르셀로나와는 또 다른 분위기가 느껴졌다. 마요르 광장은 솔 광장과 왕궁 사이에 있는 널찍한 광장으로 유럽에서도

84

손꼽히는 광장이기도 했다. 한가운데는 전성기를 이끈 펠리페 3세의 청동 기마상이 우뚝 서 있다. 1619년에 완성된 이 광장은 펠리페 2세가 왕궁을 마드리드로 옮기면서 광장 공사 계획이 시작되었다. 펠리페 3세까지 이어지며 그의 명령으로 건축가 후안 고메스 데 모라가 설계했는데 중앙광장으로서 여러 종교 재판, 처형, 무도회, 대관식, 투우 경기가 열렸던 곳으로 마드리드의 역사가 담겨있다. 지금은 매년 마드리드 수호성인 성 이시도르 축제가 열리는 곳이기도 하다. 사각형으로 반듯하게 만들어졌으면서 꽤 드넓었지만, 아내는 다른 유럽 도시에서 많이 봐서 그런지 별다른 감흥은 없다고 했다.

마요르 광장에서 나와 아이

스페인 광장으로 가는 길에 알무데나 대성당과 마드리드 왕궁이 있어서 잠시 시간을 보냈다. 탁 트인 아르메리아 광장을 사이에 두고 대성당과 왕궁은 마주 보고 있었다. 바로크 양식의 알무데나 대성당은 상당히 거대했으나 전날 사그라다 파밀리아 대성당에 압도되었던 우리에게는 다소 지나가는 대성당의 느낌이었다. 왕궁은 1931년까지 국왕 알폰소 13세가 살았던 곳으로 현재는 왕실 행사가 있을 때만 활용된다고 했다. 건너편 왕궁과 대성당을 배경 삼아 순간을 남기고 다시 스페인 광장을 향해 걸었다.

광장 사이에 마주 보고 있는 대성당과 왕궁

스페인 광장은 광장이라기보다는 놀이터가 많아서 공원 같았다. 마드리드 최대 번화가인 그랑비아 거리의 시작으로 광장 중심에는 스페인이 낳은 세계적인 문호이자 돈키호테의 저자인 세르반테스 기념비와 돈키호테, 산초의 청동상이 있었다. 아이는 여기서 1유로 동전 2개와 2유로 동전 1개를 주워서 뛸 듯이 기뻐했다.

돈키호테와 산초 그리고 세르반테스

광장을 나와 근처 카페에서 잠시 숨을 돌렸다. 지나가는 마드리드 사람들 구경하는 재미도 쏠쏠했다. 처음 먹어본 코르타도는 에스프레소 마키아토로 진한 맛을 느낄 수 있었고 설탕을 첨가하니 피로가 풀리는 기분이었다.

코르타도 커피

카페에서 나와 마지막으로 둘러볼 데보드 신전은 이집트를 좋아하는
아이를 위해 특별히 방문했다. 몬타냐 공원 안에 있는 이집트
사원은 기원전 2세기에 지어졌는데 아스완댐 공사로 수몰 위기에
처하자 이전부터 이집트 문화유산 원조를 하던 스페인이 이집트
정부로부터 선물 받아서 1968년에 지금 자리로 이전하고 1971년에
보수 후 대중에 공개되었다. 이 신전은 당시 최고 신인 아몬 레와
오시리스의 아내인 이시스를 기리기 위해 지어진 신전으로 마드리드의
또 하나의 명소가 되었다. 신전 안에 입장하기에는 긴 줄을 기다리고
들어가야 해서 스페인 광장의 놀이터에서 아이와 그네도 타고 노는
시간을 가졌다. 그리고 산 미구엘 시장을 방문 하기로 해서 가는
길에 왕궁과 대성당 사이 광장에서 잠시 지는 석양을 보며 마드리드
전경을 감상해 보았다. 거리의 아코디언 악사가 공기를 타고 음표를
보내 귓가를 두드리듯 멋진 음악을 연이어 들려주었다. 해가 질
때까지 기다리기에는 아이가 지루해서 보다가 시장으로 발걸음을
옮겼다.

데보드 신전에서 아내와 아이

마드리드의 노을

산 미구엘 시장은 보케리아 시장과는 다르게 거대한 건물 안에 깔끔하게 정리된 시장으로 1853년에 시작되어 기나긴 역사를 자랑하고 있었다. 시장이라고 생각될 정도의 크기는 아니었으나 치즈, 튀김, 하몬, 토르티야 등을 팔고 있었고 여행객과 관광객을 대상으로 장사한다는 느낌이 강했다. 현지인은 그다지 없어 보였다. 많은 사람이

한 손에는 와인잔이나 맥주잔을 들고 있고 한 손에는 간단한 안주를 들고 거닐고 있었다. 우리는 초리조 샌드위치를 사서 먹으며 그 활기찬 분위기에 물들어갔다. 어느덧 저녁 시간이 되어 숙소로 돌아올 때쯤엔 주위가 어둑해졌다.

산 미구엘 시장 내부

숙소에는 온수 문제로 인부 2명이 작업 중이어서 끝날 때까지 기다리다가 다시 나와서 마트에 갔다. 이틀 치 저녁 식사와 간식 등을 사기 위해서였는데 확실히 이렇게 장을 봐야 진짜 이 도시의 삶을 보는 듯했다. 돼지고기 등심과 삼겹살, 닭고기 다리, 달걀, 가스파초 수프, 파스타, 소금, 후추, 마늘, 버섯, 새우, 샐러드, 주스, 요거트, 탄산, 초콜릿, 과자, 물 등을 사니 큰 봉지로 3개나 나와서 꽉 채운 봉지들을 양손에 쥐고 숙소로 돌아왔다. 저녁 메뉴로 돼지 등심 구이, 삼겹살 구이, 버섯볶음, 감바스 알 아히요, 샐러드, 토마토 파스타 등을 만들어 내놓았다. 다소 늦었으나 여유 있게 식사하고 빨래까지 해서 널어서 부산스러웠던 아침과는 다르게 그나마 평온하게 마무리될 수 있어서 감사한 하루였다.

엘 그레코와 벨라스케스 그리고 고야

2023년 1월 11일(수)(6일째)-마드리드

이번 여행에서 처음으로 푸른 하늘이 아닌 잿빛 하늘이 아침을 맞이해 주었다. 간단하게 숙소에서 달걀 프라이와 멜론, 가스파초 수프 등으로 끼니를 하고 설거지까지 마친 다음 간편한 차림으로 길을 나섰다. 숙소 근처에 프라도 미술관이 있었기 때문에 지나가는 거리와 사람들을 보면서 여유롭게 갔다. 10시 오픈이어서 첫 타임으로 예약했는데 미술관에 도착하니 이미 기다리고 있는 사람들이 여럿 있었다. 우리도 줄을 서고 10시 입장에 맞추어 들어갔다. 안내소에 한국어 설명서가 있어서 그걸 보고 전시실을 차례로 표시하며 관람했다.

프라도 미술관

프라도 미술관은 미술에 대해 조금이나마 관심이 있다면 누구나 아는 미술관으로 스페인이 자랑하는 대표적인 미술관이다. 영국에 내셔널 갤러리, 프랑스에 루브르 박물관과 오르세 미술관, 미국에 메트로폴리탄 미술관이 있다면 스페인은 바로 이곳이었다. 1819년에 일반 공개되어 스페인 왕실의 컬렉션을 시작으로 계속 작품을 모아서 현재는 회화 작품만 8,000점 정도가 된다. 자국 작가들의 작품이 많은 것도 또 하나의 자랑인데 스페인이 낳은 세계적인 화가인 고야, 엘 그레코, 벨라스케스 작품들과 네덜란드, 이탈리아, 프랑스 회화 등도 상당히 보유하고 있다. 가장 유명한 작품을 화가별로 꼽자면 고야의 '옷을 벗은 마야', 엘 그레코의 '가슴에 손을 얹은 기사', 티치아노의 '뮐베르크 전투의 카를로스 5세', 히에로니무스 보스의 '쾌락의 정원', 루벤스의 '미의 세 여신' 그리고 벨라스케스의 '시녀들' 등이 있다. 사실 예술이란 것은 기본적으로 보는 이에 따라 그 감정과 가치는 달라지는 법이기 때문에 이외에도 감동을 줄 수 있는 좋은 회화가 얼마든지 있다.

벨라스케스와 고야의 동상

사진 촬영이 금지여서 주요 작품을 눈에 담는데 집중했다. 다른 유럽이나 미국의 미술관은 촬영에 대해 관대한데 왜 촬영 자체를 금지하는지 이해 가지는 않았다. 전시실 곳곳에 가드가 있었지만 무심코 촬영하는 사람들을 제지하는 데에 신경을 많이 쓰는 인력 같았다. 익히 아는 티치아노, 라파엘로, 카라바조, 루벤스의 작품 외에 스페인의 작가들 작품을 많이 볼 수 있어서 좋았다. 고야의 거친 붓 터치 속에 포효하는 감성, 벨라스케스의 섬세한 손길 속에 살아있는 스페인 왕실 가족들, 엘 그레코의 시대를 앞선 화풍으로 보인 신앙의 모습은 프라도 미술관에서만 볼 수 있는 보물 같은 그림들이었다. 개인적으로는 어릴 때 백과사전에서 인상 깊게 봐서 기억 속에 자리 잡고 있는 뒤러의 '아담과 이브' 작품을 여기서 직관하게 되어 감명 깊었다.

그리고 프라도에도 모나리자가 있어서 보게 되었다. 사실 처음에는 몰랐는데 앉아서 쉬다가 고개를 돌리니 건너편 갤러리에 어디서 많이 본 그림이 있는 것이었다. 이게 왜 여기 있지 하는 생각을 하며 쳐다봤는데 모나리자였다. 루브르의 모나리자는 세계적인 명성을 얻은 다 빈치의 작품이지만, 이곳에 있는 모나리자는 동시대 작품이라는 것만 확실하지 제자의 솜씨인지 다 빈치의 솜씨인지는 불명확했다. 프라도의 모나리자는 배경이 검게 칠해져 있었는데 조사 결과 덧칠해진 걸 알아서 벗겨내는 복원을 하게 되었고 루브르의 모나리자보다 더 좋은 상태로 공개되었다. 더욱 선명하고 색도 진하고 눈썹도 있으며 보존 상태가 좋았지만, 사람들이 붐비지 않고 여기에 있다는 걸 모르는 사람들이 많다는 것이 아이러니했다.

미술관 내 카페 가는 길

1시간 정도 보다가 아내는 졸음으로 힘들어하고 아이는 관람하는 것 자체를 힘들어해서 잠시 미술관 카페에 가서 쉬어가기로 했다. 카푸치노와 멜론 슬러시, 크루아상, 초콜릿 빵 등을 주문해 충전하는 시간을 가졌다. 평일 비수기인데도 불구하고 많은 사람이 찾아와서 세계적인 미술관다웠다. 예전 같았으면 나 혼자 관람을 하다가 만나겠지만 언제까지 그렇게 다닐 수는 없어서 이번에는 끝까지 함께 다니기로 했다. 그래서 속도를 내어 관람을 했는데 아이도 조금 컸는지 질문을 하곤 했다. 특히 루벤스의 '파리스의 심판' 작품에서 파리스 왕자와 3명의 여신, 트로이 전쟁 등의 이야기를 해주니 관심 있어 했다. 이렇게 아이도 커간다는 게 느껴졌다.

관람을 마치고 나오니 어느덧 점심시간이 지나있었다. 스페인은 우리보다 2시간 늦게 식사를 해서 현지에서는 점심시간이나 우리에겐 이미 지난 시간이어서 서둘러 숙소로 돌아갔다. 점심을 숙소에서

해 먹기로 했기 때문이다. 아이에게 돼지고기와 닭고기 중 뭘 먹고 싶냐고 묻자 닭고기라고 해서 닭 다리 구이, 샐러드, 알리오 올리오 파스타, 과일 요거트 등을 해 먹었다. 아이는 어제 식당에서 먹은 닭 다리 구이보다 훨씬 맛있다며 남김없이 해치웠다. 집에서 먹던 감바스 요리가 스페인에서 먹은 감바스 요리보다 더 맛있다고 해주는 아이였는데 오늘 점심도 만족해하니 흐뭇했다. 든든하게 배를 채우고 흐린 하늘 아래 거리로 다시 나갔다. 오후 일정은 레티로 공원을 둘러보는 것이었다.

아이가 좋아했던 간단한 요리

레티로 공원은 스페인 절대왕정의 전성기를 이끌었던 펠리페 2세가 세운 정원으로 나폴레옹 전쟁 당시 파괴되었다가 현재의 모습이 되었다고 했다. 본래 왕실의 여름 별장으로 일반인들에게 공개되지 않았지만 19세기 중반에 들어와서 공개되기 시작했다. 크리스털 궁전과 벨라스케스 궁전은 이곳에서 눈여겨봐야 할 건축물로 기대가 되었다. 쌀쌀한 겨울 날씨 때문인지 아내가 좋아하는 장미는 거의 없었지만, 넓은 부지 속에 아름드리나무가 많았고 조깅하는 사람들도 종종 보여서 뉴욕 센트럴 파크 같은 느낌이 났다.

레티로 공원 정문에서 아내와 아이

유리창으로 지붕과 벽면이 만들어진 크리스털 궁전 안으로 들어가니 인공적으로 안개를 피워내어 몽환적인 분위기를 연출했다. 사진을 몇 장 찍다가 화장실을 가고 싶어 하던 아이 때문에 벨라스케스 궁전으로 갔는데 물 내리는 버튼을 못 눌러 관리인까지 불렀다. 단순히 버튼을 강하게 누르면 되는 문제여서 해프닝으로 끝났다. 이어서 인공 호수로 조성된 레티로 호수에 갔다. 거대한 사각형의 호수 안에는 노 젓는 보트를 탄 많은 사람이 있었다.

호수를 지나서 1599년 세워진 스페인 최초의 개선문인 알칼라 문 쪽으로 나왔는데 보수 공사 중이라 온전한 모습을 볼 수 없어서 아쉬웠다. 거기서 메트로폴리스 빌딩 쪽으로 걸어갔는데 거리에는 인파가 매우 많고 수많은 관공서가 자리 잡고 있어서 마드리드의 중심가다웠다. 메트로폴리스 빌딩은 1911년에 세워진 건축물로 지붕 위에 날개 달린 여신상이 유명했다.

메트로폴리스 빌딩 앞

다시 숙소를 향해가는 길에 아내가 찾은 추로스 가게가 있어서 아이와 아내는 꼭 먹고 가야 한다고 했다. 저번에 먹은 추로스는 직접 반죽해서 만든 것이 아니라서 제대로 된 추로스를 여기서 먹자고 해서 갔다. 스페인 전통 디저트인 추로스는 우리가 익히 아는 그 간식으로 걸쭉한 초콜릿에 찍어서 먹는데 스페인 사람들은 아침에 식사처럼 즐겨 먹고 술 마시고 난 다음 해장으로도 먹는다니 신기했다. 가게에 들어가니 친절한 종업원에 자리를 안내해주고 메뉴 설명도 해주었지만, 영어가 안되어 번역기를 통해서 했다. 추로스와 그보다 크고 굵은 포라스, 카페 콘 레체를 주문했다. 포라스는 처음 먹어봤는데 추로스를 크게 만든 것으로 생각보다 컸지만 찍어 먹어보니 추로스보다 더 초콜릿이 입안에 들어와 묵직하면서 달콤 쌉쌀한 것이 맛있었다.

포라스와 추로스

해 저무는 마드리드 거리를 걸어 숙소로 돌아왔다. 오는 길에
빵집에 들러 내일 아침에 먹을 크루아상, 엠파나다 등을 샀다.
저녁 식사는 돼지 목살 스테이크, 샐러드, 양송이 버섯 구이였다.
스페인은 돼지가 유명하고 우리나라보다 많이 저렴해서 이번에 등심,
삼겹살, 목살 등 다양하게 먹었다. 내가 숙소에서 해주는 걸 보고
아내는 레스토랑에서 먹는 건 조금씩 나오니 우리가 식당에서는
아껴먹은 듯하다고 했다. 후식 아닌 후식으로는 한국에서 가져온
컵라면 2개를 먹었다. 딱히 매운 한국 음식이 생각나지 않았지만
짐을 줄이기 위한 방편이었다. 고국의 요리가 생각나지 않았던 건
아무래도 파에야 덕분인 듯했다. 식사를 마치고 짐 정리를 하고
내일 그라나다로 갈 준비를 마쳤다. 아침 7시 버스 출발이라 꽤
서둘러야 해서 자기 전에 최대한 정리를 했다.

마드리드의 여기

우리가 걷고, 바라본 곳들

푸에르타 델 솔 광장(Puerta del Sol)

마요르 광장(Plaza Mayor)

알무데나 성모 대성당(Catedral de Sta Maria la Real de la Almudena)

마드리드 왕궁(Palacio Real de Madrid)

스페인 광장(Plaza de Espana)

데보드 신전(Templo de Debod)

산 미구엘 시장(Mercado de San Miguel)

프라도 미술관(Museo del Prado)

레티로 공원(Parque del Retiro)

크리스탈 궁전(Palacio De Cristal)

벨라스케스 궁전(Palacio de Velazquez)

레티로 호수(Estanque Grande de El Retiro)

푸에르타 데 알칼라(Puerta de Alcalá)

메트로폴리스 빌딩(Edificio Metrópolis)

안달루시아의 태양을 향해

2023년 1월 12일(목)(7일째)-마드리드에서 그라나다

새벽 5시 30분 알람 소리에 침대에서 부스스 일어났다. 6시 30분에 택시 예약을 해놔서 그전까지 모든 준비를 끝내야 했다. 6시에 아이까지 깨워서 다들 간단히 씻고, 옷 입고, 짐을 싸서 이틀 동안 묵었던 숙소에서 나왔다. 밖으로 나가니 택시가 기다리고 있어서 인사하고 탑승한 후 버스 터미널까지 갔다. 이른 아침이라 어두컴컴한 도로는 한산해서 금방 도착할 듯했다. 지나가는 길에 우리가 처음 마드리드에 도착했던 아토차 역이 보였다. 아침이 오기 전의 마드리드 시내는 짙은 적막 속에서 하루를 시작하기 위해 웅크리고 있는 듯했다.

버스 터미널에 도착

버스 터미널에 도착해서 바로 들어와서 승차 플랫폼을 확인했다. 그라나다 버스행 출발지는 23번이었는데 어딘지 안 보여서 바로 경찰에게 물어보고 찾아서 승강장으로 갔다. 6시 50분에 승강장이 열려서 예약 확인을 하고 탔는데 버스 안이 생각보다 커서 우리나라 버스보다 크고 길어 보였다. 그리고 내부에 화장실도 있어서 아이와 나는 바로 이용해 보았다. 승객이 우리 포함해서 12명이라 넉넉함을 느끼며 출발했다. 아직 해가 뜨기 전이라 바로 잠을 청해서 휴게소에 도착할 때까지 자다 깨다 하면서 갔는데 약한 빗줄기가 내리고 흐렸던 초반과는 다르게 2시간 30분을 달려 도착한 휴게소 날씨는 매우 화창했다. 우리는 미리 싸 온 간식에 카페 콘 레체 2잔을 주문해서 간단한 아침을 먹었다. 휴게소 내부는 우리나라 휴게소와 별반 다르지 않았다. 30분을 쉬고 다시 그라나다를 향해 남쪽으로 버스는 달렸다. 풍경이 우리나라와 매우 달라서 보는 재미가 있었다. 계속 가도 드넓은 평원 속에서 수많은 올리브 나무가 끝없이 펼쳐져 있는 걸 보니 과연 올리브 오일 생산 대국 다웠다. 2시간을 더 달려서 안달루시아의 태양이 푸른 하늘을 눈부시게 만드는 그라나다에 도착했다.

잠시 쉬어간 고속도로 휴게소

차창 밖으로 끝없이 보이는 올리브 나무들

안달루시아는 스페인의 이미지를 떠올려보라면 가장 생각나는 투우, 플라멩코 등 태양 같은 정열의 이미지를 가지고 있는 지역이다. 스페인 남부지방으로 바로 아프리카를 맞닿아 있어서 대서양과 지중해를 접하고 있다. 그리고 스페인의 남쪽 끝이지만 이슬람의 지배와 영향을 받아서 그 문화가 많이 남아 있는 이색적인 곳이다. 711년에 이슬람 세력이 침입하여 1492년 나스르 왕조가 세운 그라나다 왕국이 멸망할 때까지 그 문화가 스며든 지역으로 코르도바와 그라나다는 그 중심에 있었다. 아라곤의 페르난도 2세 왕과 카스티야의 이사벨 1세 여왕이 혼인해 힘을 얻은 가톨릭 세력은 이슬람 세력을 이베리아 반도에서 몰아내는데 박차를 가했다. 1492년은 가톨릭 세력의 국토 회복 운동인 레콩키스타가 성공적으로 끝난 해이면서 콜럼버스가 자신들의 관점에서 신대륙을 발견 한 해로서 스페인의 전성기가 시작되었다고 볼 수 있는 해이다. 우리는 그 시대를 느껴보고자 그라나다에 왔다.

지나가는 길에 본 그라나다 투우 경기장

터미널에서 택시를 타고 중심가로 이동했다. 가는 길에 투우 경기장이
보여서 사진을 찍으니 기사님이 손가락으로 뿔 모양을 만들어 보였다.
호텔에 도착해서는 일단 짐을 맡기고 시내를 둘러보았다. 그리 크지
않아서 천천히 둘러 보면 좋을 듯했다. 각종 향신료를 파는 노점이
많아서 거리에 풍기는 향이 진했다.

쌓아두고 파는 향신료들

호텔 바로 근처에 있는 그라나다 대성당을 지나 카스티야 왕국의 이사벨 1세와 아라곤 왕국의 페르난도 2세의 무덤이 있는 왕실 예배당을 갔다가 누에바 광장 쪽으로 나갔다. 가톨릭의 수호자 부부는 죽어서도 이곳에서 이슬람을 막아내고 싶었나 보다. 원래 이들의 무덤은 산 프란시스코 수도원에 있었지만, 손자였던 카를로스 5세가 유해를 이곳으로 옮긴 것이었다. 누에바 광장 가는 길에 아담한 규모의 이사벨 광장을 지나쳤는데 여기에는 이사벨 여왕과 콜럼버스의 산타페 협약을 묘사한 동상이 있었다. 여러모로 이사벨 여왕은 스페인의 전성기를 열게 된 지도자로 특히 그라나다에는 그녀에 관한 묘사가 많이 있는 듯했다. 사실 그럴 수밖에 없는 게 이사벨 여왕은 새롭게 도약하기 위한 방안으로 콜럼버스를 등용해 카스티야가 신항로 개척의 열매를 얻길 원했고, 실제로 열매의 시작점이 되었기 때문이다.

산타페 협약을 묘사한 동상

날이 무척 좋아서 누에바 광장의 노천식당에서 가볍게 점심을 먹기로
했다. 판 콘 토마테, 하몬 치즈 바게트, 추로스에다가 처음으로
클라라를 주문해서 먹었다. 클라라는 뭐든 섞어 마시는 걸 좋아하는
스페인에서 나온 음료로 맥주와 과일 탄산을 넣은 가벼운 맥주였다.
한 모금 마시니 시원하고 달콤한 게 목으로 넘어가는 게 느껴졌다.
식사하고 호텔 체크 인하기까지 시간이 남아서 알함브라 궁전의
전망이 보이는 언덕 광장으로 갔다. 좁은 자갈 포장길을 따라가 본
궁전의 모습은 장관이었다. 내일 오전에 그 현장으로 갈 생각하니
기대가 되었다. 내려와서는 그라나다 대성당으로 발길을 옮겼다.

누에바 광장에서 점심 식사

알함브라 궁전을 배경 삼아 아이와 나

114

대성당 가는 길바닥에 장식된 그라나다의 상징 석류

화려한 성당 내부

그라나다 대성당은 이슬람 사원인 메스키타가 있던 자리에 지어진 성당으로 1523년에 짓기 시작해 1703년에 완성되었다. 시내 중심에 위치해 있는데 주변 도로가 넓지 않아서 옛 시대로 돌아간 착각을 불러일으켰다. 고딕과 르네상스 양식이 혼합되었고 이슬람 문화의 영향으로 내부에는 무데하르 양식도 보였다. 유럽에 있는 성당은 여러 군데를 가보아서 감흥이 크지는 않았지만, 이슬람이 지배하고 있던 이곳에서 최후의 이슬람 왕조인 나스르 왕조의 수도 그라나다를 점령하고 세워진 성당이기에 그 당시 가톨릭이 지배하던 스페인 사람들에게 얼마나 깊은 신앙심을 설파했을지 상상이 갔다.

대성당 관람을 마치고 바로 근처에 있는 호텔 체크 인을 했다. 그리고 머물 방으로 가니 테라스가 있는 매우 멋진 장소여서 마음에 들었다. 의자를 놓고 앉아있으면 가깝게는 시내 거리가 보이고 멀리 알함브라 궁전까지 보이는 전망이어서 오후의 한때를 보내기에 더없이 만족스러웠다. 커피를 내리고 잠시 쉬다가 호텔에 조리할 수 있게 주방이 있어서 저녁 식사 거리를 사러 근처 마트에 갔다. 냉동 피자처럼 전자 렌지로 조리해서 먹는 냉동 파에야가 있어서 신기했다. 우리는 조개, 새우, 관자. 파스타, 마늘, 화이트 와인, 레몬주스, 파파야, 달걀, 바게트, 복숭아 잼 등을 사서 저녁 식사와 다음 날 아침 식사까지 해결하기로 했다. 내일 9시에 알함브라 궁전 예약이어서 서둘러야 하는 게 조금 아쉽게 느껴졌다. 장을 본 물건을 호텔에 두고 다시 거리로 나섰다. 엘비라 문을 통과해 알바이신을 지나 산 니콜라스 전망대를 가기 위해서였다.

엘비라 문을 통해 알바이신 지나가기

알바이신 지구

117

엘비라 문은 11세기에 지어진 성문으로 아랍인들이 사는 도시의 주 출입문으로 지금 봐도 꽤 큰 규모를 자랑했다. 그 안쪽에는 이슬람인들이 예전에 거주했던 구역으로 지금은 관광 상품과 할랄 푸드 등을 팔고 있었다. 더 안쪽으로 올라가니 알바이신을 비롯한 그라나다 시가지가 보이기 시작했다. 서서히 보이는 이국적인 풍경이 장관이었다. 서서히 일몰이 다가오고 있어서 열심히 걷고 또 걸어서 전망대에 도착하니 정말 많은 사람이 모여있었다. 가장 유명한 전망대답게 그라나다의 여행객들은 다 온 것 같았다. 전 세계에서 온 인파를 뚫고 알함브라 궁전과 그라나다 시내를 두 눈에 담아 보았다. 궁전 야경을 호젓하게 보기는 힘들어서 아까 갔었던 언덕 광장으로 갔다. 역시 여기는 사람들이 거의 없어서 궁전을 보기에 더없이 좋은 장소였다. 붉은 노을이 점점 사라지고 보랏빛 어둠이 깔리기 시작하자 주변 풍경은 더없이 전설처럼 변해갔다.

노을지는 알함브라 궁전

멋진 야경을 담고 나서 호텔로 돌아왔다. 저녁 식사 메뉴는 알리오 올리오 베이스에 새우, 조개, 관자 등을 넣은 파스타를 준비했다. 먼저 마늘 두 쪽을 까서 으깨고 올리브 오일에 볶은 다음 해산물을 넣고 볶고 화이트 와인으로 잡내를 제거했다. 팔팔 끓이며 소금, 후추로 간단히 맛을 내고 페퍼론치노로 알싸한 매콤함을 더했다. 아이는 너무 맛있어하며 아빠가 파스타 컵라면을 만들었으면 좋겠다고 했다. 그리고 면을 더 삶아주라고 해서 두 그릇이나 먹는 먹방을 선보였다. 식사 후에 창밖으로 살며시 보이는 알함브라 궁전의 야경을 보며 그라나다의 밤을 기억했다.

어둠에 잠긴 알함브라 궁전

알함브라 궁전의 추억

2023년 1월 13일(금)(8일째)-그라나다에서 세비야

스페인 여행의 백미라고 할 수 있는 알함브라 궁전 투어의 날이 왔다. 오전 9시 예약이라서 일찍 일어난 우리는 아침 식사로 커피를 내리고 복숭아 잼을 바른 바게트, 스크램블 에그를 해 먹었다. 냉동실이 없는 냉장고라서 레몬 아이스크림은 물컹한 상태가 되어 포기해야만 했다. 호텔 카운터에 짐을 맡기려고 했는데 아무도 없어서 결국 캐리어를 가진 채로 택시를 타고 알함브라 궁전으로 갔다. 친절한 택시 기사님 덕분에 짐 맡기는 곳을 안내받았다. 캐리어를 맡기고 나스리 궁전까지는 여유 있게 갈 줄 알았지만 길을 잘못 들어서 겨우 시간에 맞출 수 있었다. 가는 곳마다 티켓 확인을 했고 처음 입장할 때는 여권까지 확인했다.

알함브라 궁전 입구

알함브라 궁전은 이베리아 반도 마지막 왕조인 나스르 왕조의 초대 군주인 무함마드 1세의 치세 때 건설이 계획되어 그라나다 왕국의 수도로서 역할을 톡톡히 했다. 궁전을 이야기하기 전에 나스르 왕조를 알아야 하는데, 그라나다를 수도로 해서 그라나다 왕국이라고 불리는 나스르 왕조는 무함마드 1세의 할아버지인 나스르에게 이름을 따왔으며 페르난도 왕과 이사벨 여왕에게 정복당한 마지막 통치자 무함마드 12세 보압딜은 궁을 떠나 북아프리카로 가면서 궁전을 떠나는 슬픔에 눈물을 흘렸다고 전해진다.

나스리 궁전 가는 길

레콩키스타의 완성이라 할 수 있는 그라나다 점령으로 완연한 가톨릭 국가 스페인에 있는 알함브라 궁전은 지금 봐도 묘한 느낌인데 마치 튀르키예의 이스탄불에 있는 아야 소피아 같은 위치 같았다. 아야 소피아는 최근 박물관에서 이슬람 모스크가 되었는데, 알함브라 궁전은 신성로마제국 황제 카를로스 5세가 왕궁으로 쓰려고 자신의 이름을 딴 궁전을 지었다가 이후 사용되지 않고 이런저런 부침을 겪으며 점점 황폐해졌다. 그러다가 미국 작가 워싱턴 어빙이 1829년 알함브라 궁전 방문 이후 이야기를 쓰면서 유명해졌고 복원에 힘썼으며 1984년에 유네스코 세계 문화유산으로 등재되었다. 현재도 복원

중이라서 훼손에 굉장히 민감하게 반응한다고 했다. 우리에겐 스페인 낭만주의 음악가이자 기타리스트인 프란치스코 타레가가 작곡한 '알함브라 궁전의 추억'으로 귓가에 이미 기억되고 있다.

알카사바에서 바라본 그라나다 전경

알함브라 궁전은 크게 4개 구역으로 나눌 수 있다. 먼저 무함마드 1세가 로마 시대 성채를 정비하고 확장해서 만든 알카사바가 있다. 여기에서 그라나다 시내와 멀리 만년설이 쌓여 있는 시에라 네바다 산맥까지 조망할 수 있다. 두 번째로 이곳의 하이라이트인 나스리 궁전이 있다. 나스리 궁전은 입장 시간에 맞춰 들어가지 않으면 제한되는 구역으로 이슬람 건축의 정수가 담겨있는 곳이다. 세 번째는 신성로마제국의 카를로스 5세가 지은 궁전으로 이슬람 궁전 안에 르네상스 양식으로 지은 가톨릭 왕의 궁전이 흥미로웠다. 마지막은 헤네랄리페로서 14세기 초 정비된 나스르 왕조의 여름 별궁이다. 주목할 것은 시에라 네바다 산맥에서 흐른 물을 이용해 만들었다는 분수와 정원으로 무어인들의 정성이 잘 드러났다.

나스리 궁전의 내부

나스리 궁전에서 우리

나스리 궁전의 사자의 중정

가는 곳마다 멈춰서 사진을 찍을 수밖에 없게 만들었다. 나스리 궁전은 이스탄불에 있는 톱카프 궁전을 떠올리는 모습이었다. 아무래도 이슬람 문화권이니 그런 생각이 들었나 보다. 나스리 궁전을 보고 나니 어느덧 2시간이 지나있었다. 카를로스 5세의 궁전을 지나알카사바에서는 그라나다 시내 전경이 조망되어 멋진 배경을 만들어주었다. 프란시스코 타레가의 '알함브라 궁전의 추억'을 들으며 잠시 감상에 빠져보았다. 근처 학교에서 현장학습을 온 듯 현지 아이들이 단체로 많이 왔다. 마지막으로 헤네랄리페를 끝으로 알함브라 궁전을 추억 속으로 남길 수 있었다. 수많은 관광객이 찾는 이곳은 스페인 하면 떠오르는 명소인데 가톨릭 국가이면서 레콩키스타까지 한 나라의 명소가 이슬람 왕조의 유적이라니 아이러니했다.

헤네랄리페에서 알함브라 궁전을 조망

궁전 근처에 있는 레스토랑에서 식사를 하고 아이가 새들에게 빵조각을 나눠주고 싶대서 시내까지 걸어가기로 했다. 누에바 광장까지는 내려오는 길이 생각보다 험하지 않아서 캐리어 2개를 끌고 가면서도 그리 힘들지는 않았다. 중간에 워싱턴 어빙의 동상이 있어서 아이에게

이 사람 덕분에 여기가 알려졌다고 하니 사진 찍고 싶다고 했다. 아이와 나는 광장에서 남은 빵과 감자튀김을 비둘기들에게 선사하며 풍족한 식사를 제공했다. 거기서 택시를 타고 그라나다 버스 터미널로 갔다. 오후 3시 30분 출발이라 여유 있게 도착해서 기다리다가 버스에 탔다. 그라나다에 올 때는 거의 텅 빈 버스였는데 세비야에 가는 버스 안은 거의 만석으로 출발했다.

그라나다의 마지막 식사

'알함브라의 전설'을 쓴 워싱턴 어빙 동상 앞에서 아이

세비야는 고대 페니키아 사람들이 과달키비르강 하류에 지었던 내륙 항구도시로서 스페인에서는 마드리드, 바르셀로나, 발렌시아에 이어서 4번째에 해당하는 도시이다. 과거에는 항구도시로서 명성이 커서 레콩키스타 이후 신항로 개척 시대에 콜럼버스와 마젤란 등 익히 아는 항해사들의 출발지로도 유명하고, '대항해 시대'라는 게임에도 등장하는 스페인의 대표적인 도시이기도 하다. 과거에는 배가 작고 과달키비르강의 수량도 풍부해서 그 당시 항구도시로서 명성이 높았지만, 지금은 내륙 도시의 이미지이다. 음악 쪽에서는 '세비야의 이발사', '카르멘', '피가로의 결혼' 등 수많은 오페라의 배경지가 되기도 했다. 유럽 도시이면서 익히 알려진 도시이며 이슬람 문화가 남아 있는 이국적인 도시이기도 했기 때문이다.

세비야에 도착

3시간을 쉬는 시간도 없이 버스는 세비야까지 내달렸다. 이 정도 거리면 우리나라에서는 응당 휴게소를 들리기 마련인데 이런 면에서는 참을성이 있어 보였다. 노을이 질 때쯤 스페인 안달루시아의 보석이자 정열을 상징하는 세비야에 도착했다. 버스 안이 점점 더워져 내릴 땐 후끈한 열기가 감싸고 있을 때 내린 세비야의 공기는 그라나다보다 따뜻하게 느껴졌다. 금요일 저녁이라 그런지 거리에는 사람들로 북적이고 있었고, 호텔 가는 길에 지나갔던 세비야의 명물인 메트로폴 파라솔 주변은 인파로 넘쳐났다. 터미널에서 호텔까지 1.6km여서 택시 탈까 하다가 걸어갔는데, 분위기를 느낄 수 있어서 괜찮았다. 호텔에서 체크 인을 하고 저녁 식사를 하기 위해 밖으로 나왔다.

메트로폴 파라솔

아내가 찾은 식당은 밤 8시 30분부터 저녁 식사 장사를 한다고 해서 근처 다른 타파스 식당을 갔지만, 거기는 식당 크기가 좁고 이미 만석이라 어찌할까 고민하다가 바로 건너편 식당 안에 빈 테이블이 보이길래 과감하게 들어갔다. 때론 인터넷 평점보다는 직감이 필요한 때가 있다. 자리에 앉아서 먼저 음료로 클라라와 틴토 데 베라노, 파인애플 주스를 시키고 요리는 소꼬리 찜, 생선 튀김을 주문했다. 친절한 종업원들의 응대와 맛있는 음식 덕분에 만족스러운 식사였다. 식사 도중에 주위를 둘러보니 여기도 어느새 만석이었다. 생선 튀김은 잔가시가 있어서 보통이었으나 소꼬리 찜은 세비야의 명물답게 입맛에 딱 맞고 푹 익어서 간이 배어 있는 고기를 씹는 맛이 좋았다. 세비야가 우리 이번 여행의 중반이었는데 탁월한 선택으로 좋은 전환점을 자축할 수 있었다.

세비야의 맛집

흐뭇하게 식사를 마치고 근처 마트에 들러 물, 피클, 하몬 등을 샀다. 마드리드에서는 우리가 미처 찾지 못한 베요타 100%를 찾고 있었는데 마침 있어서 방목해서 도토리를 먹고 자란 최고 등급인 이베리코 베요타 100% 등급으로 사서 특별하게 즐겼다. 다만 이건 돼지 뒷다리가 아닌 앞다리로 만든 하몬으로서 이 맛도 일품이었다.

훌륭했던 저녁 식사

이베리코 베요타 100%

그라나다의 여기

우리가 걷고, 바라본 곳들

왕실 예배당(Royal Chapel of Granada)

이사벨 광장(Plaza isabel la catolica)

누에바 광장(Plaza nueva)

그라나다 대성당(Granada Cathedral)

푸에르타 데 엘비라(Puerta de Elvira)

성 니콜라스 전망대(Mirador de San Nicolas)

나스리 궁전(Nasrid Palaces)

카를로스 5세 궁전(Palacio de Carlos V)

알카사바(Alcazaba)

헤네랄리페(Generalife)

스페인의 정열 속으로

2023년 1월 14일(토)(9일째)-세비야

여유로운 살바도르 성당 앞 광장

스페인의 느긋한 시간에 몸이 맞춰지는지 우리의 생체 리듬도 다소 늦게 작동하기 시작했다. 부스스하게 일어나 아침 식사는 간단하게 한국에서 가져온 누룽지와 김 그리고 어제 마트에서 산 오이 피클로 해결했다. 그렇게 춥지 않은 날씨여서 조금 가벼운 옷차림으로 나섰다. 먼저 호텔 근처에 살바도르 성당이 있어서 자세히 볼까 했으나 아이가 계속된 성당 투어에 질려 하고 어차피 세비야 대성당을 가야 해서 간단히 넘어가기로 했다. 아침에 노천카페에서 커피와 샌드위치를 들고 있는 사람들에게서 여유가 느껴졌다. 몇 분 더 걸어가니 세비야 시청과 스페인 은행이 나오고 대성당보다 히랄다 탑의 윗부분이 먼저 보였다. 그리고 조금 더 걸어가니 분수가 있는 널찍한 광장이 나오고 마차가 다니고 있는 옛 시대가 펼쳐졌다. 관광용이겠지만 일상적으로 많은 마차가 오가는 것을 보니 시간 이동을 한 듯했다. 말의 생리 현상을 가끔 피해야 할 때도 있었지만 색다른 풍경이었다.

마차가 다니는 풍경

히랄다 탑에서 풍향계 역할을 하는 여신상 복제품

광장에는 전 세계에서 온 사람들로 북적였고, 해외 단체 관광객도 많아 보였다. 세비야 대성당으로 입장하기 위해 미리 티켓 예약을 안 해서 현장 발권으로 들어갔다. 매표소 앞에는 풍향계 역할을 하는 여신상 복제품이 있었다. 탑 위에 있을 때는 작아 보였는데 가까이에서 보니 거대한 크기에 압도되었다. 이곳은 본래 이슬람 사원을 부수고 그 자리에 세운 성당으로 스페인에서 가장 크고, 유럽에서는 로마의 성 베드로 대성당과 런던의 세인트 폴 대성당에 이은 세 번째로 규모가 큰 성당이라고 했다. 건설에는 백 년의 시간이 소요되었다. 국왕 알폰소 10세의 무덤이 있으나 무엇보다 이곳이 유명한 것은 과거 스페인 지역의 4개 왕국인 카스티야, 레온, 아라곤, 나바라를 의미하는 4명의 인물이 들고 있는 콜럼버스의 관이었다. 관 속에는 실제 콜럼버스의 유골이 담겨있으며 뒤에 관을 짊어지고 있는 아라곤과 나바라 두 왕은 고개를 숙이고 있다.

콜럼버스의 관

뒤쪽의 아라곤, 나바라 왕이 고개를 숙이고 있는 것은 콜럼버스의 항해에 대해 반대하는 입장이어서 그렇고, 앞쪽의 카스티야와 레온은 찬성하고 있어서 앞에 고개를 들고 있었다. 카스티야는 이사벨 여왕부터 콜럼버스를 후원해서 대항해를 의미하는 노를 창처럼 쥐고 있다. 레온 왕은 이슬람 최후 보루였던 그라나라 함락을 상징하기 위해 창끝에 석류가 꽂혀있는 것을 확인할 수 있다.

관이 공중에 있는 이유를 살펴보면, 콜럼버스는 이사벨 여왕의 후원으로 함대를 꾸려서 새로운 인도 항로 개척을 나서게 되었다. 이는 레콩키스타를 끝내고 새로운 항로를 찾아 유럽의 강대국이 되고자 한 카스티야 왕국의 뜻이 맞아서 가능해진 것인데, 당시 신항로 개척이나 아메리카 대륙을 탐험하는 모습을 보았을 때 정부 주도로 공식적인 탐험보다는 이렇게 개인이나 사설이 먼저 나서서 하고 왕실이나 정부에 인정받는 경우가 많았다. 어쨌든 우리가 아는 콜럼버스는 죽을 때까지 본인이 알게 된 지역이 인도라고 알았고, 한때는 잘 나갔으나 이사벨 여왕 사후에는 굉장히 고달픈 삶을 살고 죽음을 맞이했다. 그래서 그는 죽어서 스페인 땅을 밟고 싶지 않다고 했기에 그의 무덤이 지금처럼 공중에 뜬 것이다. 이곳은 콜럼버스가 항해하기 전에 기도했던 곳이기도 하고 여러모로 인연이 깊은 성당이 아닐 수 없다. 누군가에겐 개척자이지만 누군가에겐 학살자였던 콜럼버스 명성의 시작과 인생의 끝이 여기에 있었다.

스페인 대항해의 전성기를 보여주는 성당이라 각종 성물, 제단, 제실 등이 볼만했는데 그중 성경에 등장하는 내용을 황금으로 새긴 예배당의 황금 나무 제단은 무려 20톤의 황금이 들어갔다고 했다. 세밀하면서 세계 최대 규모의 화려함에 눈을 뗄 수가 없었다.

황금 제단

성당에서 바로 연결된 히랄다 탑으로 올라갈 수 있었는데 계단이
아니고 경사면으로 되어 있어서 편하게 전망대까지 갔다. 98m 높이의
세비야 랜드마크인 히랄다 탑은 이곳이 과거 이슬람의 영토였다는
것을 잘 보여주었다. 12세기에는 모스크의 첨탑이었지만 16세기 이후
모스크는 사라지고 첨탑은 남겨진 것이다. 종탑은 후대에 추가되었고
꼭대기에는 청동 여신상을 설치했다. 이 여신상이 풍향계 역할을
해서 스페인어로 풍향계를 뜻하는 히랄다(Giralda)로 불리게 되었다.

히랄다 탑 전망대에서 바라본 세비야

한참 성당 구경을 하고 히랄다 탑을 배경으로 많은 사진을 찍은 후 바로 옆에 있는 인디아스 문서관으로 갔다. 세계 문화유산으로 등재된 건물 안에 과거 신항로 개척의 전성기를 지냈던 스페인 제국의 문서들을 보관했는데 지금은 문서관 분위기를 잘 간직하고 있고 전시 공간으로도 쓰인다고 했다. 우리가 방문했을 땐 전시가 없어서 특유의 분위기만 느낄 수 있었다. 1층에는 1494년 스페인과 포르투갈이 맺은 분할 조약인 토르데시야스 조약과 1492년 콜럼버스와 스페인 정부 간에 맺은 산타페 협약 내용을 볼 수 있었다.

인디아스 문서관 내부

문서관 옆으로 알카사르가 있어서 스페인 광장을 가는 길에 지나갔다. 알카사르는 그라나다의 알함브라 궁전과 비슷한 분위기를 연출하는 세비야의 대표적인 이슬람 유적이다. 그러나 12세기 후반의 이슬람 지배 시기의 모습보다는 현재 남아 있는 대부분은 14세기 중반 이후 페드로 1세 때 지은 것이라고 했다. 당시의 성벽으로 성채로서 기능을 짐작할 수 있었다.

숲의 레스토랑

점심 식사 시간이 되어서 스페인 광장 쪽에서 식사하기로 했다. 화창한 토요일이라 그런지 거리마다 사람들로 북적이고 다들 와인, 맥주, 콜라, 주스 등을 앞에 두고 세비야의 한낮을 즐겼다. 숲이 우거진 공원을 지날 때 야외 레스토랑이 있어서 동화 같은 분위기가 났다. 스페인 광장을 지나 근처 노천식당에서 참치 토마토 샐러드, 송로 버섯이 올라간 메추리 알 프라이 초밥, 이베리코 돼지 구이, 화덕 피자 등을 주문해서 먹었다. 아내와 나는 클라라, 아이는 복숭아 주스를 마셨다. 클라라가 맛있어서 2잔이나 마셨는데 여기는 매 끼니마다 술을 마시게 되어 위험해 보였다.

스페인 광장을 위한 전투 식량

에스파냐 광장, 우리가 스페인 광장이라고 부르는 이곳은 예전에 핸드폰 광고에 나와서 우리나라에서 유명해진 곳으로 세비야에서도 손꼽히는 명소였다. 1929년 이베로 아메리칸 박람회를 위해서 스페인 건축가 아니발 곤잘레스가 이 아름다운 광장을 설계했는데, 아내는 이를 위해 원피스까지 챙겨 와서 순간을 더 아름답게 남기고자 했다. 광장은 위에서 보면 반달 모양으로 주위에 박물관, 관공서, 마리아 루이사 공원 등이 있다. 이곳은 내가 좋아하는 영화 '스타워즈 에피소드 2-클론의 습격'에서 나부 행성의 도시 장면을 찍은 촬영지여서 더욱 관심이 갔다. 나는 아내를 모델로 사진을 찍어도 참 많이 찍었다. 배경 각도를 조금만 틀어도 다른 사진이 되었다. 구름 한 점 없는 파란 하늘에 햇살도 좋아서 사진 찍기 더없이 좋았다. 이런 날씨가 겨울이라니 우리나라의 초가을 같은 날씨였다. 플라멩코 공연도 하길래 구경하고 이곳에서 한참 머물다가 황금의 탑으로 발길을 돌렸다.

스페인 광장에서 각기 다른 세 명

황금의 탑은 세비야의 젖줄이었던 과달키비르강변에 있는 탑으로 13세기에 이슬람 지배 시기에 세워졌다. 본래 적의 침입을 감시할 목적으로 세워진 것으로 탑의 윗부분이 황금색으로 꾸며져 있어서 황금의 탑이라고 불렸다. 강 건너편에는 은의 탑이 있었다는데 현재는 찾아볼 수 없었다. 이 두 개의 탑은 서로 쇠사슬로 연결되어 불분명한 배가 올라올 수 없도록 했다고 한다. 이곳에서 세계 일주를 시작했던 마젤란이 출항했다고 하는데 돌아올 수 없을지도 모를 길고 긴 항해의 시작은 어떤 기분이었을지 상상이 안 갔다. 지금은 운동하거나 산책하는 사람들로 북적이는 강변 명소가 되었다. 우리도 노을이 손짓하는 강변을 천천히 거닐며 사람들 틈바구니에서 세비야의 오후를 느긋하게 느껴보았다.

호텔로 돌아가는 길에 세비야 투우장에 들렀다. 스페인의 정열적인 문화라면 플라멩코와 투우를 들 수 있다. 투우를 스포츠가 아닌 문화로 다루는 스페인의 모습에서 그 위상을 짐작할 수 있다. 그라나다 버스 터미널에서 시내로 들어올 때 투우장을 보았는데 이곳 세비야에도 투우장이 있었다. 바르셀로나에서 봤던 투우장은 현재 카탈루냐 지역이 투우 금지라서 실제로 사용은 안 되고 있으나 안달루시아 지역은 투우를 허용해서 투우장이 현재도 사용되고 있다. 투우는 투우사와 소의 냉혹하고 아름다운 결투라고 보지만, 동물 보호 차원에서 반대 여론이 스페인 안에서도 심해서 투우 관람이 관광객이나 중장년층 이상이라고 했다. 유명한 투우사의 동상도 있어서 보는 재미가 있었다. 세비야의 투우장은 1761년에 지어져 지금도 사용되고 있는 건물로서 유서 깊은 곳이라 할 수 있다.

투우장 앞에서 한 컷

거리의 타파스 바, 카페에는 사람들의 대화와 손짓이 가득했고 걸어 다니는 인파에 거리마다 활기가 넘쳤다. 세비야 대성당을 지나서 알카사르가 있는 산타 크루즈 지역의 유대인 구역을 지나갔다. 좁은 골목이 거미줄처럼 이어졌는데 과거 유대인들이 살았던 지구로 치안이 다소 불안정하다고 했다. 예전 모습을 많이 간직하고 있는 듯해서 운치 있는 거리였다. 거리를 나오니 다시 세비야 대성당의 히랄다 탑이 보였고 걷고 걸어서 호텔로 돌아왔다. 호텔에서 잠시 숨을 돌리고 스페인 마지막 저녁 식사를 하기 위해 밖으로 나왔다.

옛 유대인 구역

아내가 찾은 레스토랑은 저녁 8시 오픈이어서 그에 맞춰서 잠깐 기다리다가 들어갔다. 예약을 안 했기에 확인하는 과정에서 자리가 없을까 염려되었지만, 다행히 자리가 나서 앉을 수 있었다. 스페인의 마지막 식사라서 좋은 곳에서 식사하게 되니 모두 기대가 되었다. 먼저 익숙하게 음료부터 주문했다. 계속 마시고 싶었던 모히토가 없어서 상그리아 2잔, 복숭아 주스 1잔에 이어서 세비야 명물인 크로켓과 새우 볶음, 문어 구이, 이베리코 돼지 바비큐를 시켰다. 서로 여행 전반기를 마친 소감을 이야기하고 여행의 재미를 느낀 아이의 반응도 재미있었다. 한상차림에 익숙한 식사에서 벗어나서 천천히 음미하며 분위기를 즐겼다. 디저트는 오렌지 케이크와 염소젖 아이스크림, 초콜릿 케이크와 솔티 캐러멜 등을 골랐는데 살짝 우리 입맛에는 안 맞아서 다 먹는 데 시간이 걸렸다. 우리가 식사가 끝났을 때가 밤 10시였는데 식당은 만석이고 한창 식사 중인 테이블이 많았다. 주말이라 그런지 저녁 식사를 밤 9시부터 많이 하는 듯했다.

스페인 마지막 만찬

호텔로 가는 길에 뭔가 아쉬움이 있어서 다른 바에 가서 한 잔 더 하자고 했다. 그래서 어디로 정해놓지 않고 길에 이끌려 약간 외진 곳에 있는 바에 갔다. 외지인은 우리밖에 없는 것 같았다. 노천 테이블에 서서 마시는데 나는 틴토 데 베라노, 아내는 클라라, 아이는 또 복숭아 주스를 마셨다. 이젠 아이 혼자 능숙하게 주문했다. 새우 타파스 재료가 소진돼서 결국 기본 안주에 술만 홀짝 거리다가 들어왔다. 이렇게 술잔 부딪히는 소리, 대화 소리를 거리에 담고 스페인에서 마지막 밤을 보냈다.

마지막 상그리아

세비야의 여기

우리가 걷고, 바라본 곳들

메트로폴 파라솔(Las Setas De Sevilla)

살바도르 성당(Iglesia Colegial del Divino Salvador)

세비야 시청(Ayuntamiento de Sevilla)

세비야 대성당(Catedral de Sevilla)

히랄다 탑(La Giralda)

인디아스 고문서관(Archivo de Indias)

스페인 광장(Plaza de España)

산 텔모 궁전(Palacio de San Telmo)

황금의 탑(Torre del Oro)

투우장(Plaza de toros de la Real Maestranza de Caballería de Sevilla)

알카사르(Real Alcázar de Sevilla)

158

대서양의 끝, 리스본으로

2023년 1월 08일(일)(10일째)-세비야에서 리스본

구름 한 점 없이 푸른색 파스텔로 그려진 세비야의 아침, 스페인의 마지막 날이 밝았다. 여행의 전반기에 해당하는 스페인에 대해 태양처럼 눈부시게 마음속에 담고 갔다. 호텔 체크 아웃을 하고 근처 살바도르 성당 앞 광장 카페에 가려 했지만, 노천에 자리가 없어서 세비야 시청 광장 쪽으로 나왔다. 따사로운 햇살 아래 한가로운 낮을 보내는 사람들이 많았다. 한 노천카페의 자리에 앉아 크루아상, 햄 치즈 크루아상, 추로스에 카푸치노, 카페 콘 레체, 오렌지 주스를 먹으며 공항 가기 전까지 여유를 즐겼다. 여행의 8할은 날씨라고 생각할 정도로 날씨를 중요하게 생각하는데 스페인은 다행스럽게 하루도 비가 온 날이 없었다. 리스본에는 우리가 3일간 머무르는데 이틀간 소나기 소식이 있어서 다닐 걱정이 되긴 했다. 오늘 도착하는 대로 여기저기 둘러봐야 할 것 같았다.

스페인에서 마주한 마지막 커피

포르투갈은 스페인과 같은 이베리아 반도를 공유하고 있어서 우리에겐 비슷한 이미지이나 유럽인들에겐 전혀 다른 이미지로 이웃 나라인 스페인의 정열과는 다르게 차분하고 여유 있는 느낌이라고 했다. 아무래도 대서양을 접하며 망망대해를 바라보는 나라여서 그런가 하는 생각이 들었다. 언어도 비슷한 듯 달라서 급하게 핸드폰으로 필요한 말 몇 마디를 배워놓았다. 시청 광장에서 나와 세비야 대성당 쪽으로 가니 택시 승강장이 있어서 택시를 타고 공항으로 갔다. 기사님이나 나나 영어가 짧아서 스페인어 번역기로 대화를 했다. 스페인을 떠나게 돼서 슬프고 우리가 여행한 곳은 바르셀로나, 마드리드, 그라나다, 세비야라고 했다. 기사님은 세비야 출신이어서 맛있는 음식을 물어보니 우리가 먹었던 소꼬리 찜을 말했다. 아담한 공항에 도착해서 수속을 밟고 들어와서는 탑승 전까지 카페에서 카페 콘 레체, 오렌지 주스, 요거트, 샐러드, 달걀 마요 샌드위치로 위장을 채웠다. 그리고 고속버스처럼 좁은 비행기에 몸을 싣고 1시간 하늘을 날아서 우리는 더 서쪽을 향해 대서양의 끝, 리스본, 리스보아(Lisboa)에 도착했다.

더 서쪽으로, 리스본 도착

공항 안에서 짐을 찾는 데까지 꽤 오래 걸어야 했다. 나와서는 택시 승강장에 차례대로 대기 중인 택시에 탑승했는데 우리 차례의 택시는 벤츠 대형 택시여서 시내 목적지까지 가는데 꽤 가격이 나왔다. 20여 분을 달려서 리스본 크루즈 항구를 지나 우리 숙소가 있는 골목에 도착했다. 계단 많다는 후기에 아내가 걱정을 했는데 짐을 끌고 골목 계단을 조금 올라가니 집이 나와서 계단이 별거 아니구나 싶었지만, 건물 문을 연 순간 우리 숙소가 3층이어서 정말 가파른 내부 계단을 24kg 캐리어를 든 채 올라갔다. 고생은 잠시, 테라스 창문 밖 경치가 정말 멋있었다. 푸른 테주강의 물줄기와 하늘, 주황빛 기와지붕, 하얀 벽의 색감이 마음을 편안하게 했다. 우리는 화창한 날씨라서 일단 짐을 놓고 바로 거리로 나갔다. 먼저 들를 곳은 상 빈센테 드 포라 수도원이었다.

숙소에서 바라본 전경

오늘 둘러볼 곳이 다 가까운 데에 있어서 언덕이 있는 것만 빼면 다니기가 굉장히 쉬웠다. 숙소에서 한 6분 걸어가니 수도원 건물이

162

나왔다. 가는 길의 폭이 넓지 않은데 트램 노선도 있어서 신기했다. 상 빈센테 드 포라 수도원은 이베리아 반도의 이슬람교도인 무어인과 전투 중에 전사한 포르투갈과 북유럽 병사들이 묻혀있는 곳이다. 1755년 대지진으로 큐폴라가 전부 파손되어 1855년에 지금 모습으로 복원되었다고 했다. 포르투갈 특유의 타일 벽화로 매우 유명한 건물로 도시 한복판에 있는 수도원이 이색적이었다.

걸어서 상 빈센테 드 포라 수도원 도착

수도원에서 조금 더 올라가면 그리사 전망대가 나와서 탁 트인 경치를 볼 수 있다고 해서 걸음을 옮겼다. 그라사 전망대는 1271년에 지어진 그라사 성당 앞에 있는 전망대로 시가지를 조망할 수 있다.
전망대 바로 옆이 공사 중이어서 넓게 볼 수는 없었지만 그래도
넓은 리스본 시가지를 볼 수 있어서 좋았다. 리스본에는 언덕이
많은 덕분에 좋은 전망대가 여러 군데 위치해 있었다.

그라사 전망대에서 바라본 리스본 시가지

전망대에서 기분 좋은 바람을 맞으며 리스본 시가지를 바라보고
걸음을 옮겼다. 그다음 갈 곳은 근처에 있는 상 조르제 성으로
이곳은 리스본에서 가장 오래된 성으로서 알파마 지구에서 가장
높은 곳에 위치한 성이었다. 리스본은 항구 도시이지만 바다가 아닌
거대한 테주강을 끼고 있는데 그 테주강에 있는 4월 25일 다리까지
조망이 가능할 정도였다. 이 성 역시 1755년 대지진 당시 상당히
파괴되었다가 1938년에 복원되었다.

언덕을 내려와서 사람들이 모이는 광장 쪽으로 향했다. 오르막이 아닌 내리막이 아이에겐 더 위험해서 손을 잡고 조심히 다녔다. 항구 도시이나 언덕이 많은 것이 우리나라 부산과 비슷한 지형적 느낌을 받았다. 10여 분을 내려가니 먼저 피게이라 광장을 만날 수 있었다. 피게이라 광장은 그렇게 크지 않지만 많은 버스와 트램이 지나가는 광장으로 중앙에는 항해왕 엔히크의 아버지인 주앙 1세의 동상이 있었다. 광장에서 서성이다가 어느 빵집이 눈에 띄어서 마침 배도 약간 고프길래 무작정 들어갔는데, 나중에 찾아보니 포르투갈 왕실에도 납품했었던 유서 깊은 빵집이라고 했다. 빵집 이름은 콘페이타리아 나시오날(Confeitaria Nacional)이라고 다소 길었다. 우리가 발음하는 빵이라는 단어가 포르투갈에서 온 건 많이 아는 사실로 그런 나라답게 빵집이 정말 많았다. 포르투갈에 왔으니 에그 타르트 3개에 먹음직스럽게 보인 레몬 커스터드 크림이 들어간 도넛 1개, 롤빵 1개를 사서 걸어 다니며 먹었다. 첫 빵이었는데 괜찮은 선택이었다. 아내는 따뜻하지 않아서 조금 아쉬워했다.

빵의 나라, 포르투갈에서 첫 경험

물결무늬가 아름다운 호시우 광장

빵을 먹으면서 걸어간 호시우 광장은 피게이라 광장 옆에 있으며 페드로 4세 광장으로도 불리는데 리스본의 중심 광장으로 바닥이 상당히 아름다웠다. 한쪽에는 화려하게 만들어진 27m의 분수대가 있었다. 겨울이라 그런지 물줄기를 뿜고 있지는 않았다. 중앙에는 광장 이름에 걸맞게 페드로 4세 동상이 있었다. 흑백의 물결무늬 바닥을 보니 마카오의 세나도 광장이 떠올랐다. 맛나게 빵을 먹으며 거니는데 이곳에서 어떤 시위를 하고 있는지 경찰들이 출동해서 제지하고 있는 모습을 보았다.

산타 후스타 엘리베이터

광장에서 얼마 못 가 나오는 산타 후스타 엘리베이터는 리스본의
명물로 꼭 방문해야 하는 장소 중 하나였다. 주로 관광객들이 타는
목조 엘리베이터로 바이샤 지구와 바이후 알투 지구를 연결해
주었다. 전망대는 45m 높이로 호시우 광장과 테주강까지 보였다.
이곳으로 가는 길에 도로에서 요란한 바이크 운전자가 뒤에 오던
자동차 운전자에게 시비를 걸어 서로 주먹질하는 상황이 벌어져서
경찰이 출동하는 일까지 있었다. 한 시간도 안 되어 경찰 출동을
2번 보다니 첫날치곤 시끌벅적한 인상이었다.

리스본 대성당과 트램

그곳을 지나 우리는 리스본 대성당을 향해 다시 언덕을 올라갔다. 가는 길에 트램을 몇 번 봤는데 아담하고 클래식한 트램은 꽤나 신기한 운치를 더해주었다. 리스본 대성당은 스페인 유수의 대성당과 비슷하게 이슬람으로부터 이곳을 되찾은 후 알폰소 왕이 1147년에 건축한 성당으로 로마네스크 양식을 모태로 고딕과 바로크 양식의 혼합을 보여주고 있다. 리스본은 알다시피 1755년에 이베리아 반도를 강타했던 리스본 대지진 참사의 중심인데 이 성당은 무너지지 않고 유지되었다고 해서 놀라움을 줬다. 유럽 여행은 도시 방문할 때마다 성당이 빠지지 않고 들어가서 매번 비슷한 걸 보는 게 그랬는지 아이가 신은 여기에만 있는 게 아닌데 왜 맨날 가냐고 투덜댔다. 그러고 보니 맞는 말이라고 생각됐다.

대성당을 지나 조금 더 올라가면 유명한 포르타스 두 솔 전망대가 나왔다. 이곳은 리스본 배경의 다큐에서 빠지지 않는 명소로 구시가지인 알파마 지구의 언덕을 오르면 등장하는 광장이었다. 이미 어둑해진 시간은 금세 우리에게 야경을 선물로 내주었다. 아이는 이런저런 포즈를 하더니 사진을 찍어달라고 했다. 이곳이 마음에 들었나 보다. 바다로 착각하기 쉽지만 탁 트인 테주강을 배경으로 선박 불빛이 별빛처럼 반짝였다. 도시 야경이 아쉬워서 시가지 전체를 조망할 수 있는 세뇨라 두 몬테 전망대까지 가보자고 했다. 아이는 또 걸어야 하니 질색했지만, 같이 하는 여행이니 잘 걸어주었다. 15분 정도 올라가니 리스본 시내가 탁 트여서 상 조르제 성은 물론이고 4월 25일 다리까지 보였다. 조용한 밤이지만 버스킹하는 밴드가 있어서 시끌벅적한 분위기를 만들었다. 이렇게 우리는 리스본 야경을 가득 담고 내려왔다.

세뇨라 두 몬테 전망대에서 본 야경

저녁 식사를 마트 가는 길에 레스토랑에서 하려 했는데 일요일이라 그런지 일찍 문을 닫아 마땅한 곳이 없어서 마트에서 대구, 새우, 소고기, 문어, 모둠 해산물, 파스타, 샐러드 등과 포르투갈의 명물인 그린 와인 비뉴 베르데(Vinho Verde)까지 샀다. 비뉴 베르데가 그린 와인이라고 불리는 건 녹색이어서가 아니라 어린 포도를 가지고 와인을 만들고 1년 안에 소비되기 때문이다. 숙소까지는 택시를 타고 돌아왔다. 험난한 골목길 사이를 요리조리 다니는 기사님이 대단해 보였다. 숙소에 들어올 때 내부 문 열쇠가 잘 안돼서 또다시 예전 프랑스 파리 숙소 생각이 나서 아찔했다. 주인에게 채팅으로 물어보고 다시 해보니 얼떨결에 돼서 무사히 들어왔다. 저녁 메뉴는 포르투갈에서 유명한 바칼라우 구이, 소고기 스테이크, 새우와 문어 펜네 파스타를 하고 와인을 곁들였다. 지붕 테라스가 있어서 테주강에 정박한 크루즈를 보며, 밤하늘을 보며, 별을 보며, 계단 가로등을 보며 식사를 했다. 아랑훼즈 협주곡을 들으며 느긋하게 리스본의 밤공기와 분위기를 즐겼다. 마지막엔 컵라면까지 하나 끓여서 방점을 찍었다. 2시간이 넘어간 식사 때문에 이미 별이 반짝이는 밤 12시가 되어 늦은 잠자리에 들었다.

테라스에서 바라본 동네

트램 타고 리스본 느끼기

2023년 1월 16일(월)(11일째)-리스본

여행 내내 깊은 잠을 못 자고 있었는데 그나마 늦게까지 뒤척일
수 있던 아침이었다. 날이 비 오고 흐리고 해 뜨고 오락가락한다는
예보가 있어서 트램을 타고 한가롭게 오늘을 보내자는 계획에
늦은 시작을 했다. 다들 방 안에서 노닥거리고 있는데 전에 테라스
도어 잠금장치가 고장 났던 것을 오늘 고친다고 오전에 기술자가
방문했다. 우리가 나가려고 준비하던 시간과 공교롭게 맞아떨어져서
집주인처럼 맞이한 형세가 되었다. 창밖에는 간헐적으로 빗줄기가
쏟아지고 있었다.

숙소 테라스에서 바라본 주황빛 지붕들

우리는 혹시 몰라서 접이식 우산을 챙겨서 나왔다. 다행히 비는 안
내리고 흐리기만 해서 아침 겸 점심을 먹기 위해 열심히 걸었다.
숙소 주인아주머니가 알려준 빵집으로 가서 카페 라테 2잔, 초코우유
1병, 에그 타르트 3개, 팔미에르 1개, 낙엽 빵 1개, 빵집 주인에게
추천해달래서 받은 담백한 빵 1개를 주문해서 먹었다. 아이는 먹더니
어제 먹은 에그 타르트보다 더 맛있다고 했다. 이렇게 주문했는데

9유로 정도 나와서 저렴한 가격에 깜짝 놀랐다. 우리나라의 물가가 새삼 비싼 게 느껴졌다. 비록 탄수화물 덩어리 식사였지만 여행 기간에는 뭐든지 든든하게 먹는 게 최고였다.

만족스러웠던 아침 식사

식사를 하고 나서 트램 일주를 하기로 했으니 근처 트램 정류장에서 28번 트램을 기다렸다. 리스본 구시가지는 트램으로 도로와 골목마다 연결되어 있는데 이걸 타는 것이 리스본 여행 목적 중 하나였다. 특히 28번은 주요 관광지를 지나서 많은 관광객, 여행객이 즐겨 찾는 트램이었다. 우리나라에는 없는 교통수단이어서 기대가 되었다. 몇 분 후 트램이 오자 탑승했다. 1인당 3유로인데 카드 결제가 안 되어 현금으로 냈다. 자리가 없어서 일단 서서 가다가 아이부터 앉혔다. 놀이기구 같은 느낌이 나서 다들 좋아했다. 지나가는 길에 아슬아슬하게 마주 오는 트램을 스치거나 건물, 자동차를 지나갈 때면 운전 기술에 놀라지 않을 수 없었다. 우리나라에서는 옛날 영상에서나 볼 수 있는 모습이어서 이색적인 경험이었다.

트램 여행을 마치고 종점

종점까지 간 다음에는 내려서 다른 트램을 타고 되돌아왔다.
처음에는 탔던 트램으로 되돌아간다고 생각했으나 그것은 아니었다.
반대편 종점으로 가는데 어떤 차가 트램이 가는 노선에 주차를
하고 있어서 계속 트램 기사가 몇 번이고 경적을 눌렀지만 오지
않아서 결국 경찰이 출동하는 일이 벌어졌다. 리스본에 이틀째인데
벌써 3번의 경찰 출동을 보았다. 종점에 온 후 트램을 배경으로
사진을 찍었다. 우리 뒷좌석에 앉은 노부부의 사진도 찍어줬는데
스페인어를 하길래 국적을 물으니 아르헨티나에서 왔다고 해서
악수를 건네고 월드컵 우승 축하한다고 했다. 근처에 차이나 타운이
있어서 그런지 나보고 홍콩에서 왔냐고 묻길래 코리아, 사우스
코리아라고 답해줬다.

루비처럼 빛나던 리스본

바로 마트를 가기에는 시간이 남아서 어제 갔던 전망대들을 가보기로
했다. 먼저 세뇨라 두 몬테 전망대에 가서 리스본 낮 전경을 감상했다.
야경의 모습과는 다르게 풍경 안의 다리, 건물, 광장 등이 뚜렷하게
보였다. 아이는 왜 지붕이 다 주황색인지 궁금해했다. 나중에 숙소로
돌아와서는 여행 책자의 스페인 국기 설명에 붉은색은 피, 노란색은
풍요를 상징한다는 대목을 읽고 두 가지 색이 섞여서 주황색이라는
나름의 결론을 냈다. 궁금한 것을 찾아보는 게 기특했다.

세뇨라 두 몬테 전망대에서 아이와 아내

175

다시 내려가는 길에 처음 리스본 시가지를 바라봤던 그라사 전망대를 들렸다가 포르타스 두 솔 전망대까지 갔다. 그라사 전망대의 정식 명칭은 소피아 드 멜루 브라이너 안드레센 전망대로 포르투갈의 유명한 여류 시인 소피아를 기리기 위한 동상이 있다. 그라사 전망대에서 리스본 시가지를 봤다면 포르타스 두 솔은 테주강의 시원한 바람을 맞을 수 있는 곳이었다. 밤에 봤던 풍경과는 다른 모습이어서 테주강의 전경이 아름다웠다. 거기서 사진 찍어달라는 부탁을 받았는데 그러고 보면 여기저기 다닐 때 낯선 이로부터 사진 부탁을 참 많이 받고 찍어준 듯했다. 가는 곳마다 그랬던 것 같다. 곳곳에 다니면서 빠질 수 없는 이 나라의 명물인 주석 유약으로 그림을 그려 만드는 포르투갈 특유의 타일 장식인 푸른 타일, 아줄레주가 참 멋스러웠다.

포르투갈의 자랑, 아줄레주

전망대 둘러보기를 마치고 아내가 트램 배경으로 사진을 남기고 싶다 해서 오가는 트램을 기다리고 사진을 찍은 다음에 마트로 갔다.

꼬불꼬불한 골목길을 내려가 역에 위치한 마트에 가서 장을 봤다. 어제 스테이크를 요리할 때 숙소 인덕션의 화력이 약해 육즙이 빠져서 돼지고기 목살과 주스, 즉석 피자, 샌드위치, 과자, 견과류, 샐러드 등을 사서 왔다. 오늘 저녁 식사 메뉴는 모듬 해산물 파스타, 돼지 목살 구이, 샐러드에 레몬 주스, 코코넛 파인애플 주스, 레드 와인을 준비했다. 아이와 아내 모두 맛있다며 잘 먹었다. 와인은 괜찮은 포르투갈 와인이었는데 마시다가 주스를 섞어 틴토 데 베라노를 만들었다. 계속 마시다가 과자와 견과류까지 꺼내 리스본의 둘째 날 밤을 이어갔다. 와인이 달달한 틴토 데 베라노가 되어 테주강을 적시듯이 취기에 밤은 물들어갔다.

여기는 리스본

대항해 시대의 출발

2023년 1월 17일(화)(12일째)-리스본

리스본 구시가지에서 서쪽으로 떨어진 벨렘 지구로 가는 날이다. 그곳은 대항해 시대를 이뤄냈던 포르투갈의 역사가 살아 숨 쉬는 곳이었다. 아침에 일어나 새벽녘의 빗줄기에 더욱 깨끗해진 수평선과 주황빛 지붕, 파란 타일을 바라보았다. 어제 마트에서 산 샌드위치로 간단히 아침 식사를 하고 벨렘 지구를 향해 출발했다. 우리 숙소와 7km 정도 떨어진 거리여서 걸어가기엔 무리가 있어서 미리 우버 택시를 불러서 가기로 했다. 아침의 리스본은 저마다 목적지를 가진 사람들로 바빠 보였다. 테주강변을 지나가는데 타구스강이라고 안내된 한국 가이드도 있어서 기사님에게 물어보니 테주강 발음이 맞았다. 우리의 첫 목적지는 아주다 궁전인데 가는 길에 코메르시우 광장을 지나쳐 갔다. 포르투갈 다큐에서 리스본 여행의 시작이라고 소개된 적이 있어서 기억이 났다.

여전히 아름다운 리스본의 아침

언덕 위에 위치한 아주다 궁전에 도착하니 다소 약하게 비바람이 불고 있었다. 오늘도 어제처럼 변화무쌍한 날씨를 보여주고 있었다.

아주다 궁전은 신고전주의 양식으로 만들어진 궁으로 예전 왕실이
사용했으며 지금은 박물관으로 사용되고 있었다. 평일 오전이어서 그런지
한적한 모습이었다. 왕가의 유물이 많고 꽤 사치스러운 장식품, 내부의
모습을 이루고 있어서 포르투갈 왕국의 전성기를 보기에 충분했다.

아주다 궁전에서 오늘 여행 시작

언덕에 위치해 있는 궁전에서 벨렘 궁전 쪽으로 천천히 내려왔다.
다소 느린 속도로 지나가는 트램이 정겨워 보였다. 가는 길에
아이가 좋아하는 범블비 자동차가 있어서 찍어보았다. 한 10분 정도
걸으니 벨렘 궁전이 보였다. 이곳은 1559년에 지어졌으며 예전
대통령 궁으로 지금도 행사가 열리는 곳이다. 리스본 대지진 당시
왕족들이 휴가 왔을 때 목숨을 구했던 곳이라도 전해진다. 국가
주요 시설물로 많은 전시품이 있었다. 문 앞에는 근위병 2명이
근무를 서고 있었는데 아이가 진짜 사람이냐고 궁금해하며 직접
가서 물어보기도 했다. 물론 대답을 들을 수는 없었다.

하늘색 폭스바겐 비틀 옆에서 아이   근엄한 벨렘 궁전의 근위병들

자동차 도로 건너편에 있는 발견기념비를 향해 걸었다. 이때는 날씨가 화창해서 걸을 맛이 났는데 바람이 다소 셌다. 강바람이 바닷바람 같았다. 발견기념비는 어렸을 때 리스본 다큐에서 봤던 기억이 남아 있는 곳으로 이곳을 실제로 볼 수 있을까 하는 상상을 했었다. 항해왕 엔히크 왕자의 서거 500주년을 기념해서 1960년에 건립되었다고 하는 기념비는 생각보다 엄청나게 거대한 규모여서 놀랐다. 기념비 앞 광장 바닥에는 포르투갈이 발견한 세계 곳곳의 지리 위치가 표시되어 있었다. 거대한 범선 모양의 기념비에는 각양각색의 인물이 조각되어 있는데 맨 앞이 엔히크 왕자이고 뒤에 기사, 천문학자,

선원, 선교사 등이 있다. 우리가 잘 아는 바스쿠 다 가마, 페드로 알바르스 카브랄, 마젤란, 바르톨로메우 디아스 등 항해사도 있었다. 거대한 기념비를 보니 이 시대가 의미하는 포르투갈 역사의 황금기에 대해 지금 사람들의 자부심이 보였다.

바람이 세차던 발견기념비

바로 근처에 있는 벨렘 탑으로 걸어가는데 햇볕이 따사로워서 겨울 같지가 않았다. 벨렘 탑은 포르투갈이 자랑하는 유명한 항해사 바스쿠 다 가마가 인도 항로를 찾기 위해 출발한 곳으로 잘 알려져 있다. 탑 부분이 바다 쪽으로 튀어나와 있어서 독특한 모양새의 미누엘 양식 건축으로 1515년에 마누엘 1세가 항구 감시를 위해 세운 탑이라고 전해진다. 그 당시에 인도, 해외 식민지 등으로 배가 떠날 때나 입항하는 배를 확인하던 곳이라고 했다. 1983년에 유네스코 세계 문화유산으로 지정되었다. 당시 수많은 탐험가, 항해사들이 이곳을 지나며 기대와 환희를 품고 갔으며 이곳을 다시 볼 때는 안도와 평온을 느꼈으리라 하는 생각이 들었다.

수많은 항해사를 배웅한 벨렘 탑

점심때가 되어 아내가 찾아놓은 제로니무스 수도원 근처 빵집에서 식사하기로 했다. 여기에서는 파스텔 데 나타(Pastel de nata)라고 부르는 에그 타르트 맛집이고 유서 깊은 가게라고 했다. 알고 보니 수도원의 제조 방식을 이어가는 곳으로 이름은 파스테이스 드 벨렘(Pastéis de Belém)이었다. 입구부터 역사가 느껴지고 안으로 들어가니 굉장히 넓은 공간이 나타났다. 벽에는 옛날에 쓰던 물건들을 전시 보관해 놓고 있었고, 빵 만드는 공간도 오픈되어 있어서 무한 공급되는 수많은 에그 타르트를 볼 수 있었다. 우리는 먼저 에그 타르트 6개, 카페 라테 2잔, 초콜릿 우유 1잔을 주문했다. 소문의 에그 타르트는 따뜻하고 페스츄리가 내가 평소 먹던 것보다 식감이 더 바삭했다. 새로운 맛이어서 그전까지 먹었던 것과 차이점이 확 느껴졌다. 공평하게 2개씩 먹고 추가로 에그 타르트 6개와 볼라 데 벨림 1개, 레모네이드 1잔, 착즙 오렌지 주스 1잔을 시켰다. 오늘이 마지막 리스본 여행 날이어서 에그 타르트를 위장 속으로 가득 채워 넣었다. 아내가 너무 만족해서 나도 기분이 좋았다.

파스테이스 드 벨렘

그리고 〈땡땡(TIN TIN)의 모험〉 시리즈를 예전에 아이에게 선물로 줬는데 무척 재미있게 읽고 이번 여행 올 때도 본인 캐리어에 2권을 챙겨 와서 땡땡의 고향이라 할 수 있는 벨기에 브뤼셀을 가면 어떨까 생각해서 아내와 아이에게 제안했다. 브뤼셀에 땡땡 관련 기념품 가게와 장소들이 있기 때문이다. 암스테르담에서 2박을 하기 때문에 하루 당일치기로 갔다 오면 될 듯했다. 암스테르담에서 브뤼셀은 고속철로 2시간 정도라서 그렇게 무리는 아닐 것 같았다. 교통편을 알아보는데 토요일이라 다소 가격이 비쌌으나 온 김에 가고 싶은 마음이 생겼고 제안을 들은 아이도 정말 가고 싶어 해서 아침 일찍 출발하여 밤에 돌아오는 것으로 표를 예약했다.

제로니무스 수도원에서 아이

제로니무스 수도원 예약 시간이 되어 벨렘 지구의 꽃인 수도원으로 갔다. 수도원은 마누엘 양식의 대표적인 건축물로 1502년에 짓기 시작해 170년 정도 지어서 완공했다. 마누엘 양식이란 포르투갈의 전성기인 마누엘 1세 때 유행하던 건축 양식으로 밧줄, 바다와 관련된 장식이 많은 것이 특징이다. 사각형의 내부는 화려하지만, 단색의 정갈한 건물로 장엄하면서 평온한 분위기가 나타났다. 나는 수도원 안에 바스쿠 다 가마의 시신이 안치된 석관이 있는 줄 알았는데 그게 아니라 옆에 있는 성당에 있었다. 성당은 무료였지만 입장 제한이 있어서 조금 대기하고 들어갔다. 내부는 마누엘 양식으로 지어졌고 바스쿠 다 가마의 석관과 '우스 루지아다스'를 지은 포르투갈 민족

시인 카몽이스의 석관이 있었다. 카몽이스도 대단한 인물이지만 나에겐 아무래도 바스쿠 다 가마의 인도 항로 개척과 3번의 인도 항해가 더 의미가 있어서 그의 석관을 보면서 그의 일생을 생각해 봤다.

바스쿠 다 가마의 석관

저녁 식사는 알파마 지구에서 먹기로 했는데 시간이 남아서 거기까지는 걸어서 가기로 했다. 강변을 따라 쭉 걸어가는데 맑았다가 흐렸다가 비가 내렸다가 다시 맑아지는 날씨를 선사했다. 멀리 보였던 4월 25일 다리가 가까워지고 다시 멀어지기까지 걷고 또 걸었다. 1974년 4월 25일의 혁명을 기념해 이름 지은 이 다리는 우리가 익히 아는 미국 샌프란시스코의 금문교를 설계한 회사가 만든 거라 그런지 정말 비슷했다. 한 시간 정도 걷자 아이가 힘들어해서 내가 업고 걷기도 했다. 아이는 아빠한테 업히는 것이 여기가 한국이 아니어서 창피하지 않다고 했다.

4월 25일 다리를 지나며 아이와 나

근처에 타임아웃 마켓이라는 거대한 푸드코트가 있어서 저녁 식사하기 전에 쉬어갈 겸 간단히 요기하려고 방문했다. 거대한 실내에는 여러 가게가 입점해 있고 사람들로 북적이는 곳이었다. 메뉴를 보려고 한번 돈 다음에 포르투갈의 자랑인 바칼라우(Bacalhau), 대구 요리를 시켜보았다. 가격대가 있어서 그런지 상당히 수준 있는 요리를 선보이고 있어서 놀랐다. 가볍게 맥주나 와인을 마시며 시끌벅적한 분위기에서 식사하기에 좋아 보였다. 거기서 우리가 저녁 식사를 하려고 생각해 놓은 식당까지는 2km 정도였는데, 도저히 걷기에는 힘들어 보여서 택시 예약을 하여 편하게 문명의 이기를 느끼며 갔다.

포르투갈에서 마지막으로 식사할 레스토랑은 숙소 근처이기도 했고 숙소 주인아주머니가 추천해 준 곳으로 입구는 좁아 보였지만 요리의 맛은 거대했다. 아마 알지 못했으면 그냥 지나칠법한 입구였다. 먼저 바칼라우, 새우와 함께 추천을 받아 주문했다. 전채 요리로 주문한 생선 수프, 새우 구이, 소꼬리 찜은 완벽한 맛이라 할 정도로 너무 맛있었다. 메인 요리에 대한 기대감을 높였다. 메인 요리가 나오기 전에 접시와 포크, 나이프 등을 바꿔 주었다. 세팅에도 신경 써주는 게 레스토랑의 품격을 보여주었다. 메인 요리는 바칼라우 조림, 생선과 새우 찜을 시켰는데 이것도 입맛에 딱 맞고 온도와 간이 적당해서 너무 맛있게 먹었다. 웨이터가 맛이 어떠냐고 물어봤는데 연신 맛있다며 칭찬했다. 디저트는 크림 뷔릴레, 초콜릿 무스를 주문했는데 이것도 직접 만든 듯이 너무 달지 않고 본연의 맛이 느껴지는 괜찮은 디저트였다. 식사를 마치고 식당 주인에게 같이 사진 찍고 싶다 해서 사진도 찍었다. 기분 좋은 배부름을 갖고 숙소로 돌아왔다. 이제 내일 떠날 리스본의 짐을 쌌다. 리스본, 리스보아는 망망대해 대서양에서 빛나는 노을 같은 도시였다.

최고의 선택, 리스본 식당

리스본 최고의 요리

리스본의 여기

우리가 걷고, 바라본 곳들

상 빈센테 드 포라 수도원(Igreja de São Vicente de Fora)

그라사 전망대(Miradouro da Graça)

상 조르제 성(Castelo de S. Jorge)

피게이라 광장(Praça da Figueira)

호시우 광장(Praça do Rossio)

산타 후스타 엘리베이터(Elevador de Santa Justa)

리스본 대성당(Se Catedral de Lisboa)

아주다 궁전(Palácio Nacional da Ajuda)

세뇨라 두 몬테 전망대(Miradouro da Senhora do Mont)

포르타스 두 솔 전망대(Miradouro das Portas do Sol)

벨렘 궁전(Palácio Nacional de Belém)

발견기념비(Padrão dos Descobrimentos)

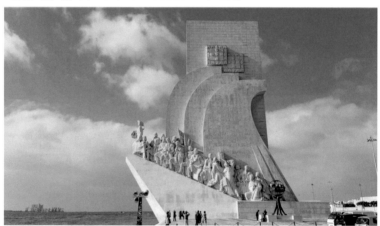

벨렘 탑(Torre de Belém)

제로니무스 수도원(Mosteiro dos Jerónimos)

산타 마리아 성당(Igreja Santa Maria de Belém)

4월 25일 다리(Ponte 25 de Abril)

타임아웃 마켓(Time Out Market Lisboa)

코메르시우 광장(Praça do Comércio)

헬베티카 연방? 스위스!

2023년 1월 18일(수)(13일째)-리스본에서 제네바를 거쳐
인터라켄

아침 6시에 맞춰 놓은 알람 소리에 눈이 떠졌다. 9시 스위스 제네바행 비행기를 타야 했기에 7시에 공항으로 가기 위한 택시를 예약해놔서 부리나케 정리하고 시간 맞춰 약속 장소로 갔다. 아직 어둑한 리스본 거리를 지나서 생각보다 일찍 공항에 도착했다. 많은 사람이 북적이는 공항은 이른 아침치고는 활기가 넘쳤다. 입국 수속을 하고 비행기 탑승 전에 간단하게 크루아상, 에그 타르트, 초콜릿 머핀, 카푸치노, 카페 라테, 오렌지 주스를 시켜서 먹었다. 탑승하는 게이트로 갔는데 긴 줄이 늘어 있는 걸 보니 만석으로 가는 듯했다. 줄이 좀처럼 안 줄어들길래 앞으로 가서 보니까 기내에 들고 갈 수 있는 캐리어 크기를 일일이 확인하고 있어서였다. 비가 내린 후라서 화사해진 리스본의 아침을 떠나 우리는 스위스 연방 제네바로 갔다.

제네바 도착

스위스는 우리가 부르는 이름이고, 4개의 언어가 쓰이는 이 나라 특성상 부르는 말도 제각각이었다. 그래서 라틴어로 헬베티카 연방 (Confoederatio Helvetica)이라 쓰고 공식 명칭으로 사용했다.

물론 평소에는 쓸 일이 없지만 말이다. 익히 알듯이 평소에는 스위스 연방(Swiss Confederation)이라 표기한다. 스위스는 부르고뉴 왕조, 오스트리아 합스부르크 왕조 등 주변 강대국의 위협에서 자신들을 지키고자 연방을 구성한 것이 시초로 1648년 베스트팔렌 조약으로 독립 국가가 되었다. 이런 오랜 투쟁 때문에 지금도 스위스는 영구 중립국이고 EU 가입국이 아니다. 작은 영토이지만 오랜 자치 역사로 26개 칸톤(주)로 구성되어 있으며 상술했다시피 독일어, 이탈리아어, 프랑스어, 로망슈어 4개 언어가 사용되며, 인구의 과반수는 독일어를 사용했다.

여기는 스위스

우리는 기차를 타고 제네바를 거쳐서 베른에서 환승한 다음 두 개의 호수 사이에 있는 인터라켄으로 가는 일정을 계획했다. 제네바는 베른, 취리히와 더불어 스위스를 대표하는 도시이고 프랑스어권에서는 가장 큰 도시이다. 그리고 국제적인 외교 도시로서 세계보건기구,

국제적십자위원회, 국제노동기구, 유엔난민고등판무관실 등 많은 국제
기구가 있다. 우리는 도착한 제네바 국제공항에서 시내까지 전철을
타고 왔다. 역에 짐을 맡길까 했는데 보관 가격이 9CHF이라 너무
비싸다고 느껴져서 가지고 다니기로 했다. 먼저 우리의 목적지인
생 피에르 성당으로 향했다. 이곳은 개신교의 유명한 종교 개혁가
칼뱅이 설교했던 곳으로 유명한 곳으로 앞모습은 판테온 같지만
내부는 정갈하고 담백한 모습이어서 여느 유럽의 성당과는 달랐다.
시간이 많지 않아서 다시 시내 쪽으로 들어왔다. 몽블랑 다리와
분수를 배경으로 멋진 사진을 남겼다. 이 주변은 전 세계 굴지의
은행과 시계 명품들이 있어서 스위스라는 걸 실감케 했다.

걸어서 도착한 생 피에르 성당

역으로 돌아가는 길에 점심시간이 애매해서 파이브 가이즈가 있길래 고민 없이 들어갔다. 햄버거 2개, 치즈 핫도그 1개, 콜라 1잔을 샀는데 51.4CHF(약 7만 원)이 나와서 엄청난 스위스 물가를 체감했다. 우리를 쫄깃하게 만든 건 이때까지 이게 전부인 줄 알았다. 역에서 베른 가는 기차를 타야 하는 플랫폼을 6번이라고 아내가 봐서 6번으로 갔는데 정차된 기차 문이 안 열리고 전혀 타는 분위기가 아니어서 5분 남았을 때 나와 아이는 플랫폼에 있고 아내에게 다시 물어보고 오라고 했다. 아내는 역무원에게 물어보니 6번이라고 했는데 전광판에는 4번이라고 되어있어서 불안한 찰나에 4번 플랫폼으로 2층 기차가 들어왔다. 왠지 이 기차인 것 같아서 서둘러 탔다. 2층으로 올라가서 자리를 잡고 앉으니 이제야 긴장했던 마음이 풀리는 듯했다. 우린 사 온 버거를 먹으면서 창밖으로 지나가는 겨울 풍경을 눈에 담았다. 레만 호수와 작은 집들, 경사진 밭, 나무들, 눈 덮인 세상이 겨울 왕국 같았다. 아내는 감동 받았는지 한참을 쳐다보았다. 이런 풍경은 사진이나 영상보다 직접 두 눈으로 보는 게 제일 나았다.

기차 안에서 버거 타임

아내가 감동한 스위스의 풍광

우리는 베른에서 환승해야 하는데 5분 연착되어 여유시간 3분을 남기고 내렸다. 아내가 미리 환승 플랫폼을 핸드폰으로 검색한 결과 5번 플랫폼이었는데 바로 옆이어서 손쉽게 갈아탈 수 있었다. 인터라켄 가는 기차는 스키 시즌이어서 그런지 만석이었다. 우리도 사람들 틈에 끼어 겨우 자리에 앉아갔다. 종점역이 인터라켄이라 다들 거기서 내리는가 했지만 툰에서 많이 내렸고 그다음은 한산하게 갔다. 창밖으로 보이는 각 도시 풍경 보는 재미도 색달랐다. 안내하는 내용이 프랑스어, 독일어, 영어 등으로 들리고 사람들 대화 소리도 프랑스어, 독일어, 이탈리아어로 다양하게 들리는 게 역시 다국어 국가다웠다. 제일 신기한 게 제네바를 시작으로 베른을 지나가면서, 안내방송에서 프랑스어가 사라지고 독일어와 영어만 나온 것이었다. 검표원이 주요 역을 지날 때마다 승객들에게 표 검사를 했는데 이 역시 프랑스어에서 독일어로 바뀌어있었다.

도착한 인터라켄 동역

종점인 인터라켄 동역에 도착해서 많은 이들과 함께 우리도 내렸다. 밖은 눈이 흩날리고 있었지만, 목적지에 도착했다는 안도감에 기쁘게 맞았다. 근처 대형 마트가 있어서 오늘 저녁과 내일 아침에 먹을 것을 쇼핑했다. 치즈 강국이어서 우리나라에서는 찾아볼 수 없는 수많은 치즈가 있었지만, 우리를 사로잡은 것은 한국의 김치 라면이었다. 우리는 김치 맛을 보자며 김치 라면 4봉지를 담았다. 더해서 빵, 물, 커피, 훈제 치킨, 달걀 등을 샀더니 32.1CHF이 나와서 마트 물가도 만만치 않다는 걸 느꼈지만 외식보다는 저렴했다.

치즈 강국다운 마트 상품

숙소로 가는 길은 점점 더 눈발이 세지고 있어서 어둑해진 거리를 2km 남짓 걸어서 도착했을 땐 다들 눈사람이 되어있었다. 2층의 우리 숙소 문을 여는 순간 안도감에 다들 환호했다. 숙소는 스위스 전통 가옥을 리모델링한 곳이었는데 널찍하면서 이 지역 분위기가 났고 무엇보다 매우 깔끔하며 편리해서 좋았다. 서둘러 라면 끓일 물을 올리는데 사 온 물 3병이 모두 탄산수였다. 서로 헛웃음을 지으며 일단 냄비에 물을 붓고 끓기 시작하자, 라면 4봉지와 달걀 3개를 넣었다. 보글보글 끓는 라면 냄새가 코끝을 찔렀다. 식탁에 모락모락 김이 오르는 라면과 훈제 치킨으로 단출한 스위스 첫 저녁 식사를 했다. 숙소가 옛 스위스 주택을 개조해서 만든 곳이라 나뭇결이 드러나는 전통적인 느낌이 좋았다. 숙소의 청결, 편의, 크기도 다 좋았는데 가격이 스페인의 3배여서 물가에 또 한 번 놀랐다. 이동하느라 바빴던 오늘이 지나고 내일은 화창하길 기대하며 첫날밤을 보냈다.

2km 눈길을 헤치고 드디어 숙소 도착

제네바의 여기

우리가 걷고, 바라본 곳들

몰라드 타워(The Molard Tower)

생 피에르 성당(Cathédrale Saint-Pierre Genève)

푸스테리 교회(Temple de la Fusterie)

몽블랑 다리&제토 분수(Pont du Mont-Blanc&Jet d'Eau)

알프스의 숨결을 따라

숙소 앞 아침

알프스의 이른 아침 공기를 느껴보며 식사 준비를 했다. 간단하게 달걀 프라이에 어제 사 온 빵을 데우고, 마멀레이드 잼을 발랐다. 커피머신이 있어서 커피도 내려서 따뜻한 식사를 했다. 추운 날씨여서 다들 단단히 준비하고 숙소 밖으로 나갔다. 눈이 그치고 푸르고 시린 공기가 세상을 품고 있었다. 알프스산맥이 병풍처럼 둘러싼 인터라켄은 튠 호수와 브리엔츠 호수 사이에 있는 작은 도시로 우리는 브리엔츠 호수를 보기로 했다. 한 40분 정도 걸어가며 낯선 곳에서 사는 사람들의 모습도 보고 풍경도 사진으로 남겼다. 날이 추웠지만 걸으면서 둘러보면 알프스가 우리를 감싸고 있는 듯해서 우리의 눈동자는 황홀했다. 특히 우뚝 솟은 알프스 설산의 위용은 장관이었다. 브리엔츠 호수는 알프스의 만년설이 녹아내렸는지 짙은 옥색을 띠며 황홀한 풍경을 우리에게 선사했다. 호수에는 우리뿐이어서 이런저런 사진을 많이 찍었다. 푸른 호수를 두 눈동자에 가득 담고 다시 숙소로 돌아갔다. 언덕에서 엉덩이 눈썰매를 타며 아이가 엄청 좋아했다.

브리엔츠 호수 가는 길

브리엔츠와 인티라켄 사이

브리엔츠 호수에서 아내

브리엔츠 호수에서 아이

점프하고 넘어진 나

구름을 뚫고 솟아 있는 알프스 봉우리들

숙소에 돌아와서 짐을 챙기고 이제 인터라켄 동역으로 향했다. 가는 길은 인터라켄의 메인 거리라고 할 수 있는 회에벡 거리를 지나면서 패러글라이딩하는 모습도 보고 알프스를 배경 삼아 사진을 찍었다. 풍경이 아름다우니 어디를 찍어도 엽서 같았다. 기차 안에서 먹을 점심을 사러 근처 마트에 들렀다. 아이스티, 초콜릿 우유, 물, 빵, 샐러드, 커리 덮밥, 불고기 덮밥 등을 사서 기차에 탑승했다. 평일 오전이어서 그런지 기차 안은 매우 한산했다. 덕분에 자리를 넓게 차지하고 루체른에 갈 때까지 알프스산맥과 마을, 호수 등 구경을 실컷 했다.

알프스의 설산을 배경으로 인증

우리가 탄 노선은 알프스를 끼고 지나가는 노선으로 흔히 말하는 골든 패스 라인으로 알프스 파노라마 열차로 불렸다. 베른 경유가 아닌 루체른 경유로 예약을 한 이유가 여기 있었다. 베른 경유하는 노선은 많았지만, 알프스를 끼고 돌지 않기 때문에 경치가 멋지진 않아서 유럽의 지붕인 알프스산맥의 장관을 환상적인 기차 여행으로 확인하고 싶다면 루체른 경유로 기차를 타야 했다. 이 열차는 천장 상부도 유리로 되어있어서 전방위 감상이 가능했다. 아내는 매우 감동받아서 연신 감탄사만 내뱉었다. 코발트, 아쿠아 블루 등 온갖 푸른색이 감도는 호수와 작은 성냥갑 같은 집들, 눈 덮인 높은 산맥과 나무들의 향연이었다. 이때 동영상을 얼마나 찍었는지 모르겠을 정도로 다른 세상에 온 느낌을 받았고 청아한 순백의 세상이 너무 눈부셨다.

우리를 감동하게 했던 알프스의 호수

기차 안에서 여유를 부리는 아이

루체른은 인구가 8만 명 정도밖에 안 되지만 인터라켄에서 기차를
타고 지나친 마을들보다 훨씬 큰 도시였다. 환승하기 전까지 시간이
조금 남아서 잠깐 엿볼 수가 있었다. 1333년에 만들어졌고 1993년
화재로 인해 큰 피해를 입었다가 복구된 목조다리 카펠교와 바로
옆에 있는 팔각형 물의 탑, 성 레오데가르 성당, 옛 루체른 역의
아치형 입구 등을 보았다. 시간이 더 있었으면 잔잔한 이 도시를
더 거닐어 보고 싶었다. 루체른 역에서 취리히행 열차로 갈아타고
오늘 목적지인 취리히로 향했다. 취리히는 스위스 수도로 알려진
베른보다 더 인구가 많고 국제적으로 알려진 도시였다. 신성로마제국
통치 이후 오스트리아의 합스부르크 가문의 지배에 맞서 싸운 스위스
동맹의 일원이었고, 1519년 츠빙글리가 주도한 개신교 종교개혁의
본산지로도 유명했다.

스위스 소도시 루체른

취리히 역

취리히 역은 국제도시답게 큰 규모를 자랑했다. 내가 사는 도시와 인구는 비슷했지만, 철도역만큼은 확실히 컸다. 호텔이 근처라서 천천히 걸어갔는데도 일찍 도착해 조금 이르게 체크 인을 했다. 도로를 사이에 두고 아인슈타인이 수학했던 취리히 연방 공과대학 건물이 있었다. 맛집들이 늘어선 아기자기한 옛 골목인 니더도르프를 지나서 이 유서 깊은 도시에 우리가 첫 번째로 방문한 곳은 그로스뮌스터였다. 스위스 최대 규모의 로마네스크 양식의 교회로 두 개의 종탑이 멋진 이곳은 목사로 있던 츠빙글리의 종교개혁이 시작된 곳이었다. 후기 고딕 양식으로 지어진 종탑 역시 큰 규모로 위용을 자랑했다. 그리고 오래전 프랑크 왕국의 샤를마뉴 대제가 이곳에서 취리히 성인 무덤에 무릎을 꿇어서 이 자리에 수도원 성당을 세웠다고 전해진다.

믄스터 다리와 그로스 믄스터

리마트강의 멋진 믄스터 다리를 건너서 반대편에 있는 취리히 시청과 프라우믄스터를 구경했다. 프라우믄스터 수도원은 853년 독일 루드비히 2세의 딸, 힐데가르트가 수녀원으로 처음 지었다고 알려져 있다. 이곳이 지금 유명해진 것은 성가대석이 있는 곳의 스테인드글라스 창문들이 마크 샤갈의 작품이기 때문이다. 우리는 리마트 강변을 쭉 걸어서 시가지를 보기 위해 린덴호프로 갔다.

뾰족한 두 탑, 프라우믄스터와 성 베드로 교회

린덴호프에서 바라본 취리히 시가지

린덴호프는 취리히 시내가 보이는 전망 좋은 언덕으로 이미 기원전부터 로마 사람들이 거주했던 곳이며 그 역사가 매우 오래되었다. 지금은 커다란 야외 체스판이 있어서 지역 노인분들이 체스를 두거나 사람들이 한가롭게 거닐고 경치를 감상하는 공원이 되었다. 그리고 오랜 역사로 인해 그 가치를 인정받아 언덕 지역이 국가 주요 문화유산으로 지정되었다. 언덕에서 내려와서 성 베드로 교회와 우라니아 천문대를 갔다. 성 베드로 교회는 큰 시계탑이 인상적이었는데 취리히에서 가장 오래된 교회로 8세기에 세워졌다고 한다. 14세기 말에 첨탑에는 유럽에서 제일 큰 기계식 시계가 설치되어 시의 시간 알림이 역할을 했다. 우라니아 천문대는 투어 프로그램이 있으나 독일어로만 진행되어 구경만 했는데 도심 한복판에 있는 천문대가 신기했다.

우리니어 천문대 앞에서 아이

여행객이나 관광객이 오면 방문하는 시가지는 그리 크지 않아서 둘러보는데 금방이었다. 취리히의 끝까지 보고 싶어서 취리히 호수가 있는 케브뤼케 다리까지 와서 짙푸른 호수를 보고 느릿하게 시가지를 걸어보았다. 저녁 시간이 되자 슬슬 배가 고파져 마트에 가서 훈제 치킨, 주스, 맥주, 과자 등을 사 오고 한국에서 가져온 컵라면을 곁들여 먹었다. 그리고 밤거리를 산책하자고 해서 야경을 보러 밖으로 나왔다. 밤공기가 꽤 쌀쌀했지만, 풍경이 너무 좋아서 불빛들이 반짝이는 게 무척 아름다웠다. 내일이면 스위스를 떠나 우리의 마지막 목적지인 네덜란드를 향하는 게 아쉬웠다. 이제 여행 막바지라고 생각하니 취리히 시내의 모습을 더욱 기억 속에 담고 싶었다.

노을 지기 시작하는 취리히

리마트 강에서 바라본 야경

인터라켄의 여기

우리가 걷고, 바라본 곳들

알프스산맥(Alps)

인터라켄(Interlaken)

브리엔츠 호수(Brienzersee)

취리히의 여기

우리가 걷고, 바라본 곳들

그로스뮌스터(Grossmünster)

프라우뮌스터 수도원(Kirche Fraumünster)

성 베드로 교회(St. Peter's Church)

린덴호프(Lindenhof)

우라니아 천문대(Urania Sternwarte)

취리히 시청(Stadthaus Zürich)

취리히 연방 공과대학(ETH HG)

취리히 호(Zürichsee)

Hallo, Dutchman!

2023년 1월 20일(금)(15일째)-취리히에서 암스테르담

이번 여행의 유일한 호텔 조식을 먹기 위해 다들 아침 7시 전에 일어났다. 부스스한 모습으로 간단히 정리만 한 후 조식 식당으로 갔다. 오이 절임, 토마트, 치즈, 크루아상, 각종 빵, 잼, 달걀 등이 있는 간단한 세팅이었다. 커피가 맛있어서 카푸치노, 카페 라테, 에스프레소를 다 먹어봤다. 식사를 마치고 아침 산책으로 주변을 돌아보기로 했다. 호텔 바로 뒤에 위치한 취리히 연방 공과대학 캠퍼스를 거닐어 보았다. 아인슈타인과 폰 노이만 등 세계 석학들이 공부했던 곳이고 지금도 유럽 최고의 공과대학으로 이름 높은 곳이라 지나다니는 학생들이 대단해 보였다. 캠퍼스를 지나 시가지를 한 번 둘러보고 다시 호텔로 돌아왔다. 짐을 챙기고 체크 아웃을 하는데 카운터 직원이 어디 가는지, 어떻게 가는지 등 물어보고 안전한 여행이 되라는 말도 해줘서 기억에 남았다.

취리히 연방 공과 대학 ETH HG 앞에서 아이

취리히에서 하이파이브

취리히 역에서 공항까지 기차 티켓을 사는데 어른 2명, 아이 1명이 17CHF이 나와서 놀랐다. 겨우 한 정거장 거리인데도 가격이 비쌌다. 역내에는 떠나는 사람들이 많았고, 금방 도착한 공항에도 많은 이들이 저마다의 목적지를 향해 바삐 움직이고 있었다. 스위스 항공의 허브 공항이라서 그런지 스위스 항공이 굉장히 많이 보였다. 우리는 발권을 하고 마지막 목적지인 네덜란드 암스테르담행 비행기에 올랐다. 이륙해야 하는데 순서가 많아 대기하느라 20분 늦게 출발했다. 점심이어서 기내식이 나오나 내심 기대했지만 앙증맞은 스위스 초콜릿으로 끝났다. 그리고 1시간 30분 정도를 날아서 암스테르담 스히폴 국제공항에 도착했다. 화창했던 취리히와는 다르게 흐리고 비가 내리고 있었다. 짐 찾는 곳이 착륙했던 곳과 멀어서 한참 걸어서 갔는데 짐이 늦게 나와서 예정 시간보다 1시간은 더 늦게 공항 밖으로 나왔다. 공항 크기에 비해서 항공 운행이나 수하물 소화하는 양이 넘치는 듯했다. 어쨌든 이렇게 풍차의 나라 네덜란드, 운하의 도시 암스테르담에 도착했다.

양증맞은 스위스 초콜릿

우리는 짐을 찾고 기차를 타고 시내로 나가기 위해 공항 역으로
갔다. 공항 밖으로 나가려는 사람들로 북적였는데 좀처럼 기차가
오지 않았다. 혹시 잘못 플랫폼을 찾았나 해서 안내원에게 물어보기도
했다. 10분 지연되어 기차가 오고 사람들로 거의 꽉 찬 상태라
서서 갈 수밖에 없었다. 암스테르담 중앙역까지 15분 정도 걸려서
내렸는데 이미 우리가 생각했던 시간보다 늦게 나오게 되었다.
마지막 호텔은 이번 여행에서 묵었던 숙소 중에서 가장 크고 좋은
호텔이어서 기대되었다. 데스크에서 체크 인하는데 이것도 시간이
걸려서 이미 우리가 생각했던 예정 시간보다 상당히 늦게 네덜란드
암스테르담 일정을 시작하게 되었다. 거리로 들어서자마자 우리가
암스테르담이라면 떠오르는 이미지인 오밀조밀하면서 다닥다닥 붙어있는
운하의 집들이 눈에 들어왔다.

드디어 암스테르담 도착

바다보다 낮은 땅, 운하의 도시, 자전거의 도시를 느끼기 위해 구시가지 쪽으로 서둘러 갔다. 먼저 호텔에서 가장 가까운 NEMO 과학박물관으로 발걸음을 옮겼다. 가는 길에 보이는 레스토랑이 이색적이고 자유로운 분위기가 나서 이 도시의 느낌을 보여주는 듯했다. 과학박물관은 배가 둥둥 떠 있는 청록색 모양의 건물이 인상적인데 파리 퐁피두 센터를 설계한 렌조 피아노의 작품이라고 했다. 초등학교 저학년 아이가 있다면 좋아할 만한 구성으로 우리네 과학체험관 같은 포지션이었다. 그리고 OBA 공립도서관을 지나서 렘브란트의 집으로 갔다. 네덜란드가 자랑하는 화가를 꼽으라면 빈센트 반 고흐와 렘브란트 반 레인일 것이다. 렘브란트는 네덜란드 17세기 황금시대의 대명사 같은 화가로 빛과 어둠을 절묘하게 쓴 화법으로 유명했다. 자화상, 성서를 주제로 한 대작들도 많이 그렸지만, 특히 유명한 그림이 1642년에 제작된 '야경'이다. 렘브란트의 집은 그가 20년 동안 살았던 곳으로 생전에 화가로 살았던 그의 흔적을 찾아보기에 좋은 장소였다.

암스테르담은 엽서 그 자체

이어서 암스테르담의 명물 다리 중 하나인 알루미늄 다리로 갔다. 운하의 도개교로 유명한데 운하 자체가 크지 않기에 도개교라고 해서 눈에 띌 정도로 큰 것은 아니었지만 독특한 외관으로 눈길을 사로잡기에 충분했다. 많은 운하가 거미줄처럼 연결되어 있고 이 운하 사이를 연결하는 아름다운 다리가 참 많아서 아무 데서나 찍어도 배경이 아름답게 나왔다. 실제로 운하를 다니는 배도 있고, 거주하는 배도 정박해 있어서 같은 유럽의 운하 도시지만, 이탈리아 베네치아와는 다른 분위기를 자아냈다. 저 멀리 시계탑이 보이는 운하는 폭이 넓지 않아도 특히 더 운치 있었다. 어둠이 찾아오고 있을 때라서 더 멋지게 보였다.

알루미늄 다리에서 아이와 나

암스테르담은 운하의 도시

담 광장을 가는 길에 출출해서 뉴욕 피자를 슬라이스로 파는 식당에 가서 각자 한 조각씩 사 먹으며 잠시 쉬었다. 네덜란드는 벨기에와 한솥밥 먹던 나라였다가 갈라졌지만, 가톨릭과 프랑스 문화권인 벨기에와는 달라서 개신교 문화의 청빈에 따라서 식문화가 발달하지 못했다. 그래서 음식이랄 게 특정되거나 자랑할만한 것은 아니었고 인도네시아, 수리남 등 옛 식민지를 통해 들어온 음식, 향신료 등의 영향으로 오히려 외국 요리가 많이 외식으로 선보이는 나라이다. 네덜란드 음식 하면 치즈, 와플, 팬케이크 정도로 식사라고 하기엔 부족한 게 있다. 굳이 꼽자면 청어 절임이 있는데 이건 처음 접하는 사람에게 다양한 치즈처럼 호불호가 있을 수 있다. 피자로 속을 달래고 가는 길에 팬케이크 카페가 있길래 바로 들어가자 해서 와플과 더치 미니 팬케이크, 핫초코, 라테 마키아토, 카페 라테 등을 주문해서 나름 네덜란드 음식을 먹어보았다. 우리나라 카페에서 먹는 맛과 큰 차이는 없었다.

네덜란드 팬케이크

거리를 걷는데 자전거의 도시답게 곳곳에 자전거가 있었고, 타고 다니는 사람도 굉장히 많았다. 인도 옆에 자전거 도로가 따로 있어서 자전거들이 쌩쌩 달리기 때문에 길을 건널 때 자전거를 꼭 살펴야 했다. 그렇지 않으면 자칫 사고가 날 수 있어서 이 도시에 있을 땐 습관을 들여야 했다.

그리고 기념품 등을 파는 가게를 보면 여러 물건을 진열해 놓아서 유리창 너머로 보이는데 아이와 보기 민망한 물건들이 버젓이 놓여있어서 아이 눈을 가리고 가는 경우가 생겼다. 불 빨간 가게들, 우리가 홍등가라고 부르는 곳들도 영업 중이라서 다른 의미로 자유분방한 도시 같았다. 아내는 젊은이들이 놀기 좋은 도시이고 아이를 데리고 여행하기엔 조금 걸리는 게 있는 도시 같다고 했다. 아내에게 이곳은 튤립의 도시였는데 점점 이미지가 바뀌어 갔다. 그래도 우리가 모르는 자유와 관용에 대한 책임을 네덜란드 사람들은 짊어지고 갈 거라고 생각했다.

밤의 네덜란드 왕궁

어느새 어두워진 밤거리마다 거리 이름과 각종 디자인된 조명들이 반짝여서 아직 연말 축제 같은 느낌이 물씬 나는 암스테르담의 중심이라 할 수 있는 담 광장이 나왔다. 여느 유럽의 대도시 광장같이 압도적이지는 않지만, 운하와 다리만 보다가 널찍한 광장을 보니 탁 트인 기분이 들었다. 광장을 마주 보고 네덜란드 왕궁과 제2차 세계 대전 희생자를 기리는 기념비가 있었다. 왕궁은 모르고 가면 지나칠 정도로 왕궁 느낌이 나지 않은 건물이었다. 나라 규모에 맞게 소박하지만, 광장을 끼고 있어서 가까운 느낌이었다. 지금 왕실이 살고 있는 왕궁은 헤이그에 있고 이곳은 의전 행사가 있을 때 사용한다고 했다. 왕궁에서 안네 프랑크의 집 방향으로 가는데 네덜란드 대표 음식 하링 샌드위치 노점이 있어서 사 먹고 싶었지만 주인 아저씨가 영업 종료라고 해서 너무 아쉬웠다.

하링 샌드위치 노점

왕궁을 지나서 더 가니 안네 프랑크의 집이 나왔다. 안네 프랑크 하면 아마 모르는 사람이 없을 정도로 독일 나치의 희생자로서 매우 유명한 인물이다. 전쟁 막바지인 1945년에 16세의 나이로 세상을 뜬 그녀가 쓴 일기는 전 세계에서 읽히고 있다. 안네와 그의 가족이 제2차 세계 대전 중에 숨어 있던 곳으로 지금은 박물관이 되어 전 세계 수많은 이들이 찾아오고 있었다. 리모델링되어 현대적이고 세련된 외관에 놀랐지만, 그녀의 가족이 2년 동안 숨어 지냈을 그 고통이 얼마나 컸을지 생각해 보았다. 추운 날씨였지만 이날도 줄을 설 정도로 사람들이 많이 왔다. 유럽이 독일 나치의 전체주의 고통을 받고 그 흔적이 이러한 유산으로 남겨져 교훈이 되고 있다면, 우리나라는 일제 강점기 35년을 겪고 태평양 전쟁, 제2차 세계 대전의 고통 속에서 일본 군국주의의 피해를 고스란히 받았기 때문에 이러한 역사를 기억하는 장소에 대해서 우리의 장소에도 관심을 가져야겠다고 생각했다.

안네 프랑크의 집

네덜란드 소설가인 물타툴리 동상을 지나서 암스테르담 구교회가 있어서 둘러보았다. 1213년에 세워졌고 종교개혁 이후 칼뱅파의 개신교 교회로 1578년 바뀌게 되는데 이제는 신을 찾지 않는 암스테르담 사람들이 많아서 그런지 지금은 교회라기보다는 콘서트, 전시회 등으로 쓰인다고 했다. 홍등가 근처에 위치해 있다는 걸 나중에 알았는데 어쩐지 가는 길의 분위기가 다르기는 했다. 구교회를 끝으로 1889년에 개장해 네덜란드의 심장 같은 암스테르담 중앙역을 지나 호텔로 돌아왔다. 아이가 걷다가 힘들어해서 결국 역을 지날 때 업고 걸었다. 저번 여행보다는 잘 걸었지만 그래도 아직은 어린이였다. 아이를 업고 중앙역을 지나서 나와 더 걷다가 나도 힘이 빠져나가서 호텔까지는 금방이라 내려서 같이 걸어갔다. 겨울 칼바람이 매서워 도착한 호텔의 따뜻한 공기에 안도했다.

물타툴리 동상과 반짝이는 트리

암스테르담의 밤

땡땡(TIN TIN)의 고향

2023년 1월 21일(토)(16일째)-브뤼셀 당일치기

암스테르담과 오늘 방문하는 브뤼셀에 대해 이것저것 알아보느라 12시가 지나 겨우 잠들었는데 새벽 6시의 알람 소리에 깼다. 새벽에도 혹시 못 일어나면 어쩌지 하는 생각에 뒤척이다가 잠들었었다. 서둘러 준비를 하고 어두컴컴한 거리로 나와서 암스테르담 중앙역으로 갔다. 리스본 여행 중에 결정된 브뤼셀 당일치기 여행이 바로 오늘이기 때문이다. 다행히 날씨가 괜찮아서 다니기에 불편한 건 없어 보였다.

억지로 잠을 청하는 아내와 아이

이른 아침 중앙역은 한산했지만, 우리가 기차를 타는 15a 플랫폼에는 사람들이 서성이고 있었다. 브뤼셀까지 고속철을 타고 가는데 프랑스 파리까지 가는 고속철이었다. 이번 여행에서 고속철은 바르셀로나에서 마드리드 갈 때 이용한 것에 이어 두 번째였다. 배낭여행객들이 있어서 다소 시끌벅적했고 환하게 불 켜진 채로 가서 좀처럼 다시 잠들기도 어렵고 피곤이 풀리지 않았지만 억지로라도 쉬려고 했다. 그러다가 2시간이 금방 갔고 우리는 벨기에 왕국의 수도 브뤼셀에 도착했다. 브뤼셀은 벨기에의 수도이자 가장 큰 도시로 정치, 행정,

248

문화, 경제가 집약된 도시이다. 그리고 유럽연합 의회가 있는 유럽의 수도라고 불리는 도시이기도 했다. 아이에겐 땡땡의 고향이라고 생각되는 곳이었다.

〈땡땡의 모험〉 시리즈는 총 24권으로 구성된 만화책으로 벨기에의 국민 만화가라 할 수 있는 에르제의 전설적인 작품이다. 1929년에 발간되어 지금까지 2억 7천만 부 이상이 팔린 만화책이다. 소년 모험 만화로 인디아나 존스 같은 영화를 좋아하는 내가 아이에게 예전에 선물했는데 그걸 재미있게 읽고 땡땡을 좋아하게 된 것이다. 제국주의 시절에 등장해서 그런지 인종차별, 식민지배 등에 대해 무지한 감각을 보이고 에르제 본인도 초기 작품에 대한 문제점을 이야기했는데 이후 작품들은 흥미진진한 내용이 많아서 꽤 손에 잡히는 만화가 되었다. 아이에게도 이런 점은 염두 해 이야기했었다.

우리도 땡땡과 함께 모험

역 로비로 나오니 땡땡 벽화가 있어서 과연 땡땡의 고향 같은 분위기를 가져다주었고 아이도 정말 좋아했다. 같이 사진을 찍고 이른 아침이라 간단하게 식사를 하기 위해 역 근처에 있는 모로코 카페에 갔다. 모로코 아저씨들의 사랑방인 듯 이미 여러 명의 손님이 담소를 나누고 있었다. 조식 메뉴와 함께 민트 티, 카페 오레, 팬케이크 등을 시켰는데 친절한 응대에 감사했다. 특히 민트 티가 너무 맛있어서 민트 티에 대해 사랑에 빠질 정도였다. 식사를 한 후 계산하고 나서 기분 좋은 식사를 해준 감사함을 전하고 사장님에게 같이 사진 찍고 싶다 해서 사진을 찍었다. 사진 찍는 부탁을 할 때 아이가 먼저 나서서 사장님에게 말해주고 하는 게 귀여우면서 듬직했다.

잊지 못할 맛의 민트 티

친절한 사장님과 한 컷

나와서 벨기에 브뤼셀 하면 떠오르는 명소인 오줌 싸는 소년 동상을 보러 갔다. 이미 사람들 몇 명이 사진을 찍고 있었는데, 알고는 있었으나 명성에 비해 역시 작디작은 크기에서 헛헛한 웃음이 나왔다. 그래도 여행의 순간이 다 경험이니까 방문 기념으로 볼 가치는 있는 듯했다. 길드 조합에서 나왔는지 전통 복식을 한 사람들이 모여 행사를 하고 있었다. 오줌싸개 동상도 그에 맞게 옷을 입고 있었는데 색다른 풍경이었다. 동상에서 그랑 플라스 가는 거리에는 와플, 초콜릿, 기념품 가게들이 줄지어 있었다. 그리고 미리 검색해 찾아 놓은 땡땡의 그림 벽화가 있어서 소소한 재미를 주었다.

브뤼셀의 상징 같은 오줌싸개 소년 동상

땡땡 벽화를 배경으로 점프

마음에 들었던 횡단보도

가는 길에 있던 작은 횡단보도가 무지개로 그려져 있어서 자유로운 이곳의 분위기를 보여주는 듯해서 마음에 들었다. 그랑 플라스 초입에 플랑드르 군대를 물리쳤던 영웅 에베라르트 세베클래스 동상이 있는데 그의 팔을 만지면 행운이 있다는 설이 있어서 팔 주위가 반들반들했다. 광장으로 나오니 완전히 딴 세상이 펼쳐졌다. 많은 유럽의 도시 광장을 가봤지만 가장 화려한 모습을 뽐내는 곳이었다. 유럽 최고라고 일컬어지는 마드리드의 마요르 광장보다는 면적에서 작을지 몰라도 황금색으로 물든 광장 건물들이 주는 감동은 감탄을 자아내기에 충분했다. 브뤼셀을 방문한 전 세계 관광객, 여행객이 다 여기에 온 듯 많은 이들이 있었다. 수많은 사람이 흔드는 국기는 각양각색이고, 입에서 나오는 말들도 각기 달랐다. 아이는 땡땡 생각으로 가득 차 있는지 별 감흥이 없어 보여서 조금 보다가 근처에 있는 땡땡 기념품 가게에 데리고 갔다.

행운을 바라며

그랑 플라스에서 아내와 아이

브뤼셀에 온 가장 중요한 이유가 바로 이곳이었다. 아이 눈을 손으로 가리고 땡땡 기념품 가게 문 앞으로 데리고 가서 손을 떼니 연신 놀라며 정말 좋아했다. 나와 아내도 같이 보면서 아이가 하는 말을 들었다. 자기가 알고 있는 내용을 연신 조잘대면서 피규어, 책, 그림엽서, 옷, 그릇 등 각종 굿즈에 눈을 떼지 못했다. 박물관처럼 크지는 않아도 기념품 가게로 잘 꾸며놔서 볼만했다. 이번 여행 기념으로 선물을 해준다고 했으니 골라보라고 했다. 한참 보다가 다른 만화 가게를 들리고 난 다음 골라보겠다고 했다.

드디어 땡땡과의 만남

그리고 근처에 오줌 싸는 소녀 동상이 있다고 해서 보러 갔다. 골목 끝에 사람들 몇 명이 있길래 여긴가 싶었는데 정말 골목 끝 벽에 있었다. 소년 동상은 많이 봐서 그런지 위화감이 들지 않았지만, 소녀 동상은 나에게 익숙하지 않은 모습이어서 낯선 느낌이 들었다. 더군다나 인지도가 낮아서 사람들이 거의 없었다.

골목 끝에 있는 오줌 싸는 소녀 동상

다른 큰 규모의 만화 가게를 갔다가 점심때가 되어 아내가 찾아놓은 벨기에 요리 식당을 찾아갔다. 홍합탕, 등갈비 구이, 크림 버섯 닭가슴살, 콜라 라이트, 카페 오레, 착즙 레몬 주스 등을 주문했다. 요리가 조리되는 시간이 조금 긴지 천천히 나왔다. 다른 테이블도 다 그런 거 보니 조리시간이 있는 듯했다. 음식은 하나같이 입에 맞아서 괜찮았다. 레몬 주스는 착즙 그대로에 물을 타 먹는 거여서 아이가 많이 시다고 했다. 옆 테이블에 혼자 식사하는 할아버지가 소시지에 감자와 당근 으깬 것을 드시길래 맛있어 보여서 이것도 추가로 주문해 먹었다. 많이 시켰지만 다 먹어서 만족스러운 식사였다. 식당 주인 할머니는 중간에 와서는 식사는 괜찮은지 물어보았다. 서양에서 식사할 때 이렇게 주인이나 웨이터가 식사와 요리에 대해서 물어보는 문화가 생소하긴 했으나 좋아 보였다.

벨기에 요리 탐방

든든히 배를 채우고 이어서 벨기에 만화 센터에 갔다. 생각보다 큰 규모로 만화 전시를 해놔서 유럽 만화, 벨기에 만화에 대한 인식을 바꿀 수 있었다. 잘 모르는 것들도 많았지만 스머프, 땡땡, 아스테릭스 등 아는 것들은 반가웠다. 원래 유럽연합 의회와 경제 사회 위원회 건물까지 가보려 했으나 날이 쌀쌀해서 취소하고 브뤼셀 공원을 지나 브뤼셀 왕궁까지 가기로 했다. 공원은 큰 규모가 아니라서 가볍게 산책하기 좋았다. 왕궁은 여름에 개방하고 지금은 휴관이어서 내부를 보진 못했다. 왕궁을 지나서 그랑 플라스로 가는 언덕 광장은 전경이 아름다워서 탁 트인 시내 전망을 보여주었다. 주말이어서 그런지 사람들로 북적이는 광장을 지나서 다시 땡땡 기념품 가게로 왔다. 아이는 신중에 신중을 거듭한 뒤 점원에게 말해서 본인이 원했던 자동차 프라모델을 샀다. 땡땡의 모험에 등장하는 자동차로 만화의 한 부분을 그대로 만들어서 밀루, 땡땡, 아독 선장이 차에 타고 있었다.

벨기에 만화 센터 탐방

브뤼셀 공원에서 아내와 아이

브뤼셀 왕궁 앞에서 아이와 나

의기양양하게 쇼핑백을 든 아이 손을 잡고 잠시 쉬기 위해 카페를 찾다가 와플 가게는 사람들이 가득 차 있어서 오리엔탈 카페에 들어왔는데 마침 모로코 카페였다. 카페 오레를 마시고 민트 티를 주문해 향긋하면서 상쾌하고 달콤한 맛을 즐겼다. 한참을 쉬다가 어둑해진 거리로 나와서 밤의 그랑 팔라스의 한복판에 서보았다. 황금 불빛이 아른거리는 광장의 모습도 낮 못지않게 멋졌다. 초콜릿 가게가 많아서 구경하는 재미도 쏠쏠하고 초콜릿 맛도 좋았다. 아내와 아이가 와플을 꼭 먹고 싶어 해서 오줌싸개 동상 거리에 있는 와플 가게에서 바나나와 초콜릿 시럽을 뿌린 와플을 사서 먹었다. 갓 구운 와플이라서 김이 모락모락 나는 게 먹어보니 고소했다. 아침부터 사람들이 있었는데 밤중까지 이곳은 사람들로 북적였고 아침에 봤던 동상의 소년은 여전히 오줌을 싸고 있었다.

밤의 그랑 팔라스

저녁 식사는 역으로 가는 길에 있는 해산물 튀김 식당으로 갔다. 진열되어 있는 해산물을 우리가 직접 고르고 무게를 달아 계산하는 시스템이었다. 오징어, 새우, 연어, 대구 등을 사서 튀김 정식으로 먹었다. 금방 튀겨서 세팅해 주는 것이 뜨끈하고 고소한 맛으로 가격이 저렴하면서 본연의 맛이 살아있기에 브뤼셀의 마지막 식사로 좋은 선택이었다. 브뤼셀 역에서 고속철을 타고 다시 우리가 잠을 청할 암스테르담으로 왔다. 밤 11시가 돼서야 호텔 방으로 돌아와 마음 놓고 쉬었다. 암스테르담에서 오랜 시간 떨어져 있던 느낌이었다. 길었던 벨기에 브뤼셀의 하루가 끝났다. 여행도 이제 끝이 보였다. 내일 이 시간이면 우리는 대한민국으로 가는 비행기를 타고 있을 것이다.

가성비 최고 해산물 튀김

브뤼셀의 여기

우리가 걷고, 바라본 곳들

오줌싸개 소년 동상(Manneken Pis)

오줌싸개 소녀 동상(Jeanneke Pis)

땡땡의 모험 벽화(Tintin Comic Mural)

땡땡 기념품 가게(La Boutique Tintin)

갤러리 라벤슈타인(Galerie Ravenstein)

성 미카엘과 성녀 구둘라 대성당(Cathédrale des Sts Michel et Gudule)

벨기에 만화 센터(Centre Belge de la Bande Dessinée)

브뤼셀 왕궁&브뤼셀 공원(Palais de Bruxelles&Parc de Bruxelles)

플레이스 로얄(Place Royale Bruxelles-Statue de Godefroy de Bouillon)

몽 데 자르(Mont des Arts)

그랑 팔라스&브뤼셀 시청(Grand Place&Hôtel de Ville de Bruxelles)

Tot ziens, Amsterdam

2023년 1월 22일(일)(17일째)-암스테르담

3주 가까이 되는 여행의 마지막 날이 되었다. 어김없이 알람 소리에 깨어나 준비를 하고 마지막 남은 누룽지와 컵라면, 김으로 간단히 배를 채우고 나왔다. 짐은 일단 호텔에 맡기고 택시를 타고 나왔다. 벤츠 택시라서 그런가 아니면 암스테르담 택시라서 그런지 미터기가 쭉쭉 올라가는 게 보였다. 가는 길에 암스테르담에 몇 없는 옛 풍차가 보였다. 네덜란드가 풍차의 나라라고 하지만 암스테르담에서 풍차를 구경하기는 쉽지 않다. 암스테르담의 자전거 우선 정책으로 인해 택시는 운하가 있는 시가지로 못 들어가기 때문에 빙빙 외곽을 돌아서 미술관과 박물관이 밀집해 있는 거리로 왔다. 예전 운하 쪽에 상인이나 부르주아들이 집을 지으면서 창문 3개, 5층 초과는 세금을 높게 매겨서 그런지 틈새가 보이지 않을 정도로 붙어있는 집들은 여전히 인상적이었다. 집 윗부분에 있는 고리도 유심히 보게 되었다. 건물 안에 엘리베이터가 없으니 고리를 이용해 밖의 짐을 날랐다는데, 보면 고개를 숙이듯 집이 기우뚱해 있는 것은 예전에 유리 가격이 매우 비싸서 그걸 보호하려 그렇게 한 것이다.

고흐 화풍으로 표현된 캐릭터들

첫 번째 목적지는 네덜란드가 낳은 또 하나의 위대한 화가 반 고흐 미술관이었다. 인상파 미술의 대표자이면서 일생에서는 빈곤하게 살다가 사후 빛을 보게 된 인물로 알려진 빈센트 반 고흐의

270

작품들을 보러 전 세계에서 많은 이들이 아침부터 북적였다. 사물함에 짐을 넣고 가벼운 마음으로 관람을 시작했다. 처음에는 고흐의 작품만 있는 줄 알았는데 폴 고갱, 에밀 베르나르 등 동시대 살았던 예술가들의 작품도 있었다. 700여 점에 달하는 고흐의 유명한 유화, 드로잉 등이 전시되어 있는데 가장 유명한 것은 '고흐의 방', '노란 집', '꽃피는 아몬드 나무', '아이리스', '감자 먹는 사람들' 등으로 가다 서다를 반복하며 작품을 감상했다. 전시장 중간에 확대경이 있어서 그의 붓 터치를 자세히 볼 수 있었다.

고흐가 썼던 팔레트와 물감

근처가 박물관, 미술관이 많아서 그런지 야외 스케이트장도 한 장의 회화 같다는 착각이 들었다. 암스테르담 국립 미술관을 지나서 하이네켄 양조장 박물관으로 갔다. 맥주라고 하면 독일, 네덜란드, 체코, 오스트리아, 벨기에 등이 유명한 나라인데 그중 네덜란드 하면 단연 하이네켄이었다. 1873년에 시작된 하이네켄의 역사와 브랜드, 맥주 제조 과정을 볼 수 있고 시음도 할 수 있었다. 예전 아일랜드 더블린에서 기네스 박물관에 갔던 기억이 났다. 하이네켄은 보리, 물, 홉, 효모 등으로 만든 정통 유럽의 라거 맥주로 단연 톱을 달리는 브랜드이다. 시원한 황금빛 맥주에 하얀 거품이 목으로 넘겨질 때 맛이란 최고라 칭할 수 있다.

미술관 근처에 설치된 야외 스케이트장

하이네켄 양조장 박물관

박물관을 지나서 근처 아내가 찾은 팬케이크 맛집을 찾았다. 출출해서 다들 커다란 팬케이크 하나씩 취향에 맞게 주문해서 먹는데 아내는 여기 온 기념으로 하이네켄 생맥주를 시켜 마셨다. 아이는 주스를 여행 동안에 너무 많이 마셔서 물을 주문했다. 식사 후 암스테르담의 한때를 기억하려고 여기저기 둘러보았다. 구시가지 중심부 운하를 따라 정처 없이 걸어보면서 장면을 남겼다. 1490년에 세워져 암스테르담의 방어벽 일부였지만 화재로 인해 벽이 소실된 이후 종탑이 되고 동전 만드는 곳이 되어 네덜란드어로 화폐 주조라는 뜻의 문트라는 이름을 갖게 된 문토렌이 눈에 띄었다. 아내는 마당과 정원을 사랑하는 사람답게 문토렌 옆으로 쭉 늘어선 화훼 노점 시장에 관심을 보였다.

누가 봐도 네덜란드 점심

아내가 관심 가진 화훼시장

문토렌을 지나 구교회를 갔다가 담 광장으로 나오니 유럽에서
벌어진 러시아-우크라이나 전쟁 반대 시위가 한창이었다. 우리가
이렇게 여행 다니는 중에 지구 다른 곳에서는 전쟁이 한창이라는
것이 실감 났다. 세계 곳곳에서 위험이 있고, 위기가 있다면 우리처럼
여행자들은 낯선 곳으로의 발길을 멈출 수밖에 없다는 현실에서
전쟁은 일상에 대한 크나큰 위협이다. 하루빨리 전쟁이 끝나고, 삶의
터전을 잃은 우크라이나 사람들이 온전히 삶을 살아갈 수 있기를
기도했다.

왕궁 뒤에 그제 봤었던 근처 하링 샌드위치 파는 노점이 있어서
갔는데 오늘은 열지 않아서 먹지 못한 게 아쉬웠다. 하링은 청어를
절인 것인데 한국인 입맛에 제법 어울린다고 해서 기대를 했었다.
네덜란드에 오면 먹을 줄 알았는데 못 먹어서 계속 생각났다.
길가에 다른 노점이 있는지 찾아봤지만 없었고, 어디에나 있을 핫도그
노점은 정말 많아서 5월이 제철이라는데 시기를 타는 듯했다.

우크라이나의 전쟁 반대 시위

운하를 따라 이곳저곳을 가보는데 네덜란드의 열린 성문화를 볼 수 있는 곳을 우연히 지나가게 되어서 나와 아내는 아이에게 모자를 푹 눌러쓰게 하고 걸었다. 암스테르담 홍등가는 17세기 선원들을 대상으로 영업하면서 형성되기 시작했는데 2001년에 네덜란드에서 매춘이 합법화되면서 이곳은 은밀하고 퇴폐적인 곳보다는 솔직하면서 개방적이고 자유분방하면서 일면 유쾌하게 접근하려는 이곳 사람들의 모습이 보였다. 그리고 알싸한 대마초 냄새가 거리를 걷다 보면 자주 맡아졌는데 암스테르담은 대마초를 허용하고 있기 때문이다. 네덜란드는 관용과 자유 정책을 세계에서 먼저 펴고 있다 해도 과언이 아닌데 범죄화된다면 미리 개방하고 정부가 관리한다는 입장을 견지하고 있어서 그랬다. 그래서 낙태, 동성 혼인, 안락사 등 우리나라에서 현재 논쟁 되는 것들이 이미 합법이었다.

암스테르담 홍등가 지나가기

큰 거리로 나와서 치즈 판매 가게에서 여러 치즈를 구경하고 시식을
해봤는데 7개월 숙성한 치즈는 우리에게 익숙한 맛이었고, 36개월
숙성한 치즈는 쿰쿰하면서 고소하고 퍼석한 맛이었지만 감칠맛이
있어서 계속 생각났다. 네덜란드의 황금시대를 만들었던 옛 증권
거래소를 지나 근처 쇼핑몰을 우연히 들어갔는데 옷이 너무 저렴해서
나와 아내는 옷을 보다가 아이 옷만 몇 벌 샀다. 걷다 보니 다리가
쉬어가는 게 필요해 보여 또 다른 팬케이크 카페에 가서 커다란
팬케이크와 와플을 주문해서 먹었다. 여기서 팬케이크는 한 번이나
먹을까 했는데 벌써 암스테르담에서만 3번을 먹게 되었다. 아이는
이것 때문에 암스테르담에서 살고 싶다고 했다.

잠시 쉬다가 다시 거리로 나왔다. 활기찬 일요일의 거리에는 사람들이 저마다의 언어로 이 도시에서 겪는 일들을 이야기하고 있었다. 꽃을 좋아하는 아내는 구근을 파는 화훼시장을 보며 감탄하고 튤립이 있을 줄 몰랐는데 튤립이 참 많아서 경탄했다. 아내에겐 튤립의 나라, 나에겐 고흐의 나라, 아이에겐 팬케이크의 나라였다. 우리는 이번 여행에서 마지막이 될 낯선 거리를 두 눈에 담아 보았다. 짐을 찾기 전에 호텔 근처에 있는 OBA 공공 도서관으로 와서 편하게 쉼표를 찍으며 공항 가기 전까지 여유를 즐겼다. 암스테르담 전경을 볼 수 있는 곳이 있어서 마지막으로 이 도시를 바라보았다. 호텔에 가서 캐리어를 챙기고 암스테르담 중앙역까지 걸어가 공항 가는 티켓을 끊었다. 바로 공항 가는 기차가 있어서 서둘러 플랫폼으로 가서 탔다. 칸마다 공항 가는 사람들이 많은지 캐리어와 사람들로 가득 차 있었다. 아이는 큰 캐리어 위에 앉아서 갔다. 덜컹거리며 10여 분을 가서 우리를 대한민국으로 데려다줄 암스테르담 스히폴 국제공항에 도착했다.

암스테르담 전경

암스테르담의 여기

우리가 걷고, 바라본 곳들

NEMO 과학 박물관(NEMO Science Museum)

암스테르담 공립 도서관(OBA Oosterdok - Public Library)

렘브란트의 집(Museum Rembrandthuis)

안네 프랑크의 집(Anne Frank Huis)

반 고흐 미술관(Van Gogh Museum)

암스테르담 국립 미술관(Rijksmuseum Amsterdam)

하이네켄 양조장 박물관(Heineken Experience)

구교회(Oude Kerk)

네덜란드 왕궁&담 광장(Koninklijk Paleis Amsterdam&Dam Square)

암스테르담 중앙역(Amsterdam Centraal)

홍등가(Red Light District)

알루미늄 다리(Aluminiumbrug)

문토렌(Munttoren)

옛 증권거래소(Beurs van Berlage)

다시, 극동으로

2023년 1월 22일(일)-23일(월)(18일째)-암스테르담에서 인천

네덜란드 스히폴 국제공항은 1916년에 개항하여 백 년이 넘는 역사를 자랑하는 공항으로 우리나라 KAL에 해당하는 KLM의 허브 공항이어서 우리나라에서는 좀처럼 보기 어려운 KLM 네덜란드 항공 비행기가 많이 있었다. 출국하기 2시간 전에 도착해서 공항 역에 내려서 출국 수속하는 곳을 찾아갔는데 기다리거나 체크 인하는 사람 하나 없고, 우리밖에 없어서 비행기가 가긴 가는 건가 하는 생각이 들 정도로 처음 보는 광경이었다.

Iamsterdam

수화물 검사를 하고 여권에 오랜만에 도장을 찍혀서 면세점이 있는 곳으로 나왔다. 아직 저녁을 먹기 전이어서 식당을 찾았지만, 일요일 늦은 저녁 시간이라 그런지 문 닫은 곳들이 있어서 결국 맥도날드에 가서 햄버거를 먹는 것으로 이번 여행의 마지막 식사를 했다. 식사하고 출국 게이트에 가니 바로 탑승 시작 안내방송이 나왔다. 들어가기 전에 마스크는 필히 착용하라고 했다. 유럽에서는 스페인에서만 교통 시설 이용할 때 끼고 평상시에는 전혀 착용하지

앉아서 편하고 좋았지만 이제 현실이 다가오고 있었다. 게이트 앞에 탑승객이 많지 않았는데 비행기에 탑승하니 역시나 절반 정도 탑승을 한 듯했다. 군데군데 비어있는 좌석이 많아서 신기했다. 아이는 타자마자 리모컨으로 게임이 있는지, 영화가 뭐가 있는지 확인하고 깔깔대며 웃었다. 이제 우리의 터전, 대한민국으로 11시간 30분을 날아간다.

암스테르담 마지막 식사는 맥도날드

우리의 마지막 여정

탑승 후 얼마 지나지 않아 저녁 기내식이 나왔다. 식사하고 불이 꺼지고 다들 잠들기 시작했다. 뒤척이면서 자다 깨다를 반복하다가 몇 시간이 흘렀고 아침 기내식 방송이 나왔다. 아이는 계속 자려는지 깨워도 안 일어나고 칭얼대면서 꿈나라 비행 중이었다. 기내식을 3개 받았지만 1개는 거의 못 먹고 반납하게 되었다. 도착 잔여 시간을 확인하니 1시간 30분 정도가 남아서 도착이 멀지 않았다. 창문 덮개를 살짝 열어보니 구름 위 하늘은 빛으로 가득 차 눈부실 정도였다.

귀국 여정의 양식

밥을 앞에 두고 꿈나라 중

인천 국제공항에 도착하니 아이가 여긴 왠지 조금 익숙한 곳이라고 비행기 타고 왔으니까 여행 중이냐고 물었다. 끝난 게 못내 아쉬운가 보다. 기내에서 방역 카드를 작성하라고 노란 종이를 나눠줬는데 이렇게 여행을 다녀도 코로나 19는 아직 끝난 게 아니라는 생각이 들었다. 금방 짐이 나오는 걸 보니 역시 신속 정확의 나라다웠다. 도착해서 어머니에게 연락드리고 집으로 갈 버스표를 예매한 다음 시간이 남아서 코리안 푸드로 본국 귀환을 느껴보기로 했다. 이번 여행에서 단 한 번도 우리가 자주 먹던 한식이나 동아시아 음식을 먹지 않아서 나름 잘 적응했구나 싶었다. 소고기 미역국, 된장찌개, 우삼겹 정식 등 우리가 출발 전 먹었던 음식을 다시 먹으며 따뜻한 한 끼를 하고 집으로 갈 공항버스에 탑승했다. 이렇게 3시간 정도를 내려가니 어느새 밤 10시가 넘었다. 강추위 예보가 된 날씨답게 매서운 밤공기가 기다리고 있었다. 택시를 타고 지나가는 풍경들이 오랜만이라고 인사를 건네주는 듯했다. 도착한 우리 동네, 나의 집은 우리를 안아주었다.

인천 국제공항 도착

계속될 여행을 위하여

다른 시간에 다른 공간을 꿈꾸며, 걸으며, 바라보며

코로나 19라는 생소했던 단어가 우리 삶에 들어온 지 3년이 지났다. 처음에는 별거 아닌 질병이라 치부하고, 잠깐 유행하고 말 감기 같은 것이라고 생각했던 것이 만 2년은 꼼짝 못 하게 만들었다. 우리 생애에 처음 겪는 일이었고, 우리 일상도 큰 변화를 겪게 되었다. 그중 아내와 내가 신혼 때부터 중요하게 생각했던 여행도 멈춤과 언제 재개할지 모른다는 불안감이 있었다. 인생을 보내며 같은 가치관을 공유하는 사람을 만나 살 때 우리가 같이 공유했던 것 중 하나가 여행이었다. 그래서 국내부터 시작해 아이가 태어나서 커가고 함께 무언가를 할 수 있으면서 〈아이와 세계를 걷다〉 시리즈를 생각해 우리 가족이 바다 너머 먼 곳으로 떠날 때면 그때의 감상과 에피소드를 글로 적기 시작했다. 공교롭게 코로나 19라는 세계적인 팬데믹으로 하늘길이 막힌 상황에서 우리의 여행도 잠시 멈추어야 했고, 이번 여행을 계획하면서도 여러 변수로 가지 못하는 건 아닌지 하는 불안은 떠날 때까지 있었다.

장기적으로 여행 계획을 세워 놓은 우리는 바뀐 세상과 일상으로 계획했던 대로 여행을 가기 어려워 보였다. 처음에는 스페인, 포르투갈, 모로코를 생각했지만 만 8살 아이를 데리고 코로나 19 상황에서 아프리카까지 넘어갔을 때 문제가 생기면 대처하는 부분에서 자신감이 없어서 안전하게 스페인 일주를 생각했다. 그러다가 유럽에서는 일상 회복의 수순으로 가고 있었고 백신 접종, 마스크 착용 등에 제한을 두지 않을 정도로 예전으로 돌아갔기 때문에 욕심을 내서 포르투갈, 스위스, 네덜란드를 가기로 계획했다.

포르투갈은 이베리아 반도에 있는 옆 나라였고, 스위스는 알프스를 보고 싶은 아내의 뜻에 따라 정했다. 네덜란드는 시간 내서 방문하기는 어려울 것 같아서 마지막 방문지로 정했다. 그렇게 계획을 세우고 떠났는데 리스본에서 아이가 좋아하는 〈땡땡의 모험〉 시리즈에서 땡땡의 고향이 벨기에 브뤼셀이라 한번 가볼까 하고 알아봤다. 제로니무스 수도원 근처 에그 타르트 맛집에서 커피를 마시며 암스테르담과 브뤼셀 기차 시간을 확인해 보며 당일치기가 가능하겠다 싶어서 표를 예매했다. 자유 여행의 묘미가 느껴지는 순간이었다.

만 8살이 된 아이는 어린이로서 제법 자기 의견도 내고, 말도 잘하고, 도움이 되려는 모습도 보여서 점점 여행의 일행으로 제 몫을 해나가고 있다는 게 보였다. 내가 식당 요리가 너무 맛있어서 사장님과 사진 찍고 싶어 하면 아이가 대신 말해주기도 했다. 그 나라 언어로 간단한 인사, 감사, 계산서 부탁 등은 해서 계산서 달라고 말하는 건 항상 아이 몫이었다. 이번 여행에서 무엇이 가장 기억에 남느냐고 물어보니 땡땡 만화방이라고 하면서 여행은 재미이고 기억이라고 했다. 하지만 사진을 너무 많이 찍는다고 했다. 그래서 그런지 먹을 땐 표정이 밝은데 걸어서 어딜 갔을 땐 표정이 무뚝뚝할 때가 있었다. 그래도 여행의 맛을 알아서 집에 가기 싫다는 말을 많이 했다. 길게 여행해도 적응이 되었는지 매일 걷는 게 많아도 좋아하고 즐거워하는 게 우리에게도 힘이었다.

아이가 커가면서 나와 아내는 나이가 들어가니 여행은 시간과 돈이 필요조건이지만 체력이 있어야 다니겠다는 생각을 했다. 지금이야 건강에 자신만만하지만 이런 여행을 오래 다니려면 잘 관리해야 했다. 3주 가까이 되는 여행 내내 다행히 날씨가 좋은 편이라 우산을 한 번도 쓰지 않았다. 스페인은 거짓말처럼 매일 날씨가 좋았고, 포르투갈은 변화무쌍하긴 해도 비가 쏟아지거나 하지는 않았다. 스위스와 네덜란드,

벨기에는 춥기는 해도 다니기 힘들 정도는 아니어서 날씨 덕을 봤다. 비를 맞고 다닌 날이 없어서 좋았다. 여행의 8할은 날씨인데 덕분에 여행 사진이 더 풍성하게 남았다. 이렇게 해서 스페인, 포르투갈, 스위스, 네덜란드, 벨기에 여행기를 엮은 〈아이와 세계를 걷다 4〉를 선보이게 되었다.

터키, 그리스, 영국, 아일랜드, 프랑스, 이탈리아 여행기 〈아이와 세계를 걷다 1〉을 시작해 러시아, 미국 서부와 동부, 캐나다 여행기 〈아이와 세계를 걷다 2〉와 홍콩, 마카오, 일본 큐슈, 오키나와, 중국, 필리핀 여행기 〈아이와 세계를 걷다 3〉까지는 코로나 19전의 여행을 담았는데 이 책을 시작으로 새로운 시대의 여행이 시작된 느낌이었다. 앞으로도 계속 우리의 여행을 담고 싶다는 생각을 했다. 여행 말미에 벌써부터 다음 여행지에 대한 이야기를 나눴다. 어디를 가서 무엇을 보고 먹을지 이야기하며 낯선 곳에서 만들어갈 에피소드가 기대되었다. 우리의 다음 여행이 기대되는 건 여행은 어디를 가느냐보다 누구와 가느냐이기 때문이다. 계속될 아이와 세계를 걷는 여행을 기대해 본다.